5
井上みつる
Illustration 鈴ノ
異世界転移して教師
になったが、
恐れられて
いる件
～種族に
優劣などないことを
教えましょう～
JN080798

CONTENTS

キャラクター紹介

Characters

アオイ・コーノミナト（教員）

異世界に転移した元学校の教師で、現在はフィディック学院の上級教員。圧倒的な魔術の実力で生徒指導や授業を行い、名実ともに上級教員として認められる一方で恐がられている。

オーウェン・ミラーズ

アオイの師匠で育ての親のエルフ。孤高の魔術研究者で特に魔術具が大好き。

ブッシュミルズ皇国

フィオール・ケアン（侯爵夫人）

フェルターの母親。優しいがしたたかな一面もある。

バルヴェニー・ヴィアック（生徒）

第四皇子のハーフ獣人。天候操作の魔術研究に熱心。

ラムゼイ・ケアン（侯爵）

フェルターの父親。ブッシュミルズの番人と呼ばれており、武闘派で有名。

フェルター・ケアン（生徒）

獅子の獣人。身体強化が得意。強者と認めたアオイに師事する。

アクア・ヴィーテ

レンジィ・モエ・トラヴェル（王女）

リベットの長女。魔術の技能はリベットに迫る程で、次期国王候補の一人。

ラングス・リカール・トラヴェル（王子）

リベットの嫡男。次期国王候補の一人で、王族としての知識や気品を持ち合わせている。

リベット・ファウンダーズ・トラヴェル（国王）

アクア・ヴィーテの現国王。高レベルな火の魔術を扱う最強のエルフ。

ブレスト・ステイル（元生徒）

ソラレを虐めていたフィディック学院の元生徒。

スパイア・ジン・ステイル（三位貴族）

元老院議員も務めるステイル家の当主。ブレストの父親。

アソール・ティーニック・ブレアー（王族）

エルフとしてはまだ若いが、魔術や学問に長けており、次期国王候補として招致された。

シーバス（警護隊長）

アクア・ヴィーテの警護隊の隊長。

ポット（執事長）

ステイル家の執事長。

ピーア・ステイル（貴族夫人）

ブレストの母親。エルフ至上主義な言動が目立つ。

カーヴァン王国

ロレット・ブラック（公爵）

王弟でバレルの父親。貴族主義で気難しい。

バレル・ブラック（生徒）

選民思想の強い公爵家の次男ということもあり、プライドが高い。

ディーン・ストーン（生徒）

ネガティブで根暗だが、アオイの授業では魔術の飲みこみが早い。

ティス・ストーン（男爵夫人）

ディーンの母親。教育ママのような雰囲気がある。

グランサンズ王国

グランツ・ハイリバー・グランサンズ（国王）
ドワーフの王。自国の製作する武具・防具に絶対の自信を持つ。

エライザ・ウッドフォード（教員）
土の魔術担当のドワーフ。魔法陣研究のためにアオイに弟子入りする。

ヴァーテッド王国

カリラ・ネヴィス（首領）
ウィンターバレーの裏社会の中心組織「ネヴィス一家」のボス。

グレン・モルト（学長）
侯爵で大魔術師としても有名なハーフエルフ。オリジナル魔術に目がない。

ストラス・クライド（教員）
風の魔術担当。寡黙で人付き合いは不器用だが、アオイやエライザと仲が良い。

ロックス・キルベガン（生徒）
第二王子で主要四属性の魔術が優秀なため傍若無人だったが、お仕置きを経て改心する。

ソラレ・モルト（生徒）
グレン学長の孫。優秀な成績を収め飛び級で高等部に上がるが、同級生からの虐めを受けて不登校になってしまった。

ミドルトン・イニシュ・キルベガン（国王）
強面な反面、良識がある。

レア・ベリー・キルベガン（王妃）
陰で統治を支える政治力がある。

スペイサイド・オード（教員）
水の魔術担当。貴族寄りの立場。

アラバータ・ドメク
(近衛騎士団)
近衛騎士団副団長。大柄の狐の獣人。豪快な性格だが苦労人。

オルド・クェーカー ローゼンスティール(子爵)
シェンリーの父親。貴族思想が強く頑固な所がある。

シェンリー・ルー・ローゼンスティール(生徒)
飛び級で高等部に上がるが、気弱で虐められていた犬の獣人。助けてくれたアオイを慕う。

ハイラム・ライ・ウォーカー(生徒)
第三皇子。社交的で女子生徒にアイドル的な人気がある。

ディアジオ・レスブリッジ・カルガリー・ウォーカー(皇帝)
自国の聖女・聖人に頼り切りな状況を変えようと考え、アオイを国に招く。

クラウン・ウィンザー
(宮廷魔術師)
“魔術狂い”と呼ばれる程、魔術の開発が大好き。

グレノラ・ノヴァスコティア
(寮長)
女子プロレスラーのような見た目で恐がられているが実は聖女。

フォア・ペルノ・ローゼズ(教員)
水の魔術担当の上級教員。アオイの授業を受け、上級教員として認める。

メイプルリーフ聖皇国

コート・ハイランド連邦国

リズ・スチュアート
(生徒)
三人組の中で姉的な存在。

ベル・バークレイ
(生徒)
三人組の中で妹的な存在。

アイザック・ウォルフ・バトラー(議員)
コートとアイルの父親。力のある代表議員の一人。

コート・ヘッジ・バトラー(生徒)
上級貴族。誰に対しても物腰が柔らかく優秀で、女子生徒にモテる。

アイル・ヘッジ・バトラー(生徒)
コートの妹でブラコン気味。リズ、ベルと三人組で行動する活発な女の子。

コート・ハイランド連邦国
他の五大国に攻めいられぬように集まり出来た複数の小国による連邦国。

大陸の中央に位置していることと、四ヵ国に面していることから交易が盛ん。

しかし、各小国の代表が意見を交わしあって政治を行っている為、迅速な対応は出来ず、指針が保守的になりやすい。

カーヴァン王国
人間至上主義であり、選民思想が最も強い国。

貴族主義であり政治思想も古いままだが、商売という面では強か。

六大国内で最も海軍に力を入れており、隣の大陸と交易を行うメイプルリーフに船の提供もしている。

メイプルリーフ聖皇国
女神が国を興したという逸話があり、大陸で最も人数の多い聖神教会が大きな権力を持っている。

その環境から癒しの魔術を学ぶ者が多く、聖人、聖女と呼ばれる最上位の癒しの魔術師を最も輩出している。

ヴァーテッド王国
歴史ある大国だが、貴族社会が根強く、亜人種への差別意識もある。

大陸の中央に位置している為、防衛費に多額の予算を割いており、国力が高い。

戦の歴史が長い分、魔術師の技量はトップクラス。

ブッシュミルズ皇国
獣人が多い為、獣人の国と揶揄されることもあるが、亜人差別を受けた者達の移住先でもある為、多種多様な種族が暮らしている。
ただ、無差別に難民が集まっている分無法者も多く、高く売れるドワーフの武具を盗む輩が定期的に現れる為、グランサンズとは良好な関係とは言いづらい。
グランサンズ王国
ドワーフ達が鍛冶を行う為に鉱山を削って作り上げた国。
世界最高レベルの武具や防具が作られている。
小さいながらも魔獣の多い山や森を開拓して作り上げただけあり、天然の要塞である王都は難攻不落。
ウィンターバレー
最上級の魔術学院、フィディック学院を有する為、六大国の庇護下にあるヴァーテッド王国の特別自治領。

Story

フィディック学院の文化祭も最終日を迎え、
生徒の発表と**アオイ自身の大トリの発表**を残すのみとなった。
アオイは様子を見ようと会場に向かうと、**観客が全く入っていない**。
どうやらグランサンズ王自ら、
ドワーフの武具や防具を売り出していることが原因らしい。
その現場に乗り込んだアオイはひと悶着ありながらも、
なんとか観客を確保することに成功する。
そしていよいよ、生徒の発表が始まる。
レベルの高い雷の魔術を難なく披露し、
日ごろの練習の成果と己の実力を観客たちに示した。
フィナーレにはアオイによる**魔力花火もお披露目**され、
文化祭は大盛況のうちに幕を閉じた。

その矢先、今度はグレンの孫のソラレが
引きこもりであると発覚する。
教師として放っておけないアオイは早速グレンに詰め寄ると、
彼は**エルフの元同級生に虐めを受けていた**という。
ソラレが外に出られるようにアプローチする一方、
ソラレに謝罪をさせるため、
アオイはグレンと共に**虐めっ子が住むエルフの国**を訪れるが、
エルフ至上主義を主張して要求を受け入れない。
それどころか、エルフの王に**魔術を披露し認められたら謝罪する**
と豪語し、アオイはそれを了承するのであった。

第一章 ― エルフの国への再訪

背の高い木々を空から眺めつつ、冷たい空気を楽しむように深呼吸をする。エルフの国はウィンターバレー周辺とは気候が違うのだろう。背の高い山は中腹あたりから白い化粧をしていた。空が高く感じるのは空気が澄んでいる冬空の特徴だと思うが、神々しい雪山の姿も相まって何処《どこ》か神聖な空気に包まれているような心地になる。

綺麗な空気を吸い込んで、ゆっくりと息を吐く。

「アオイ先生?」

不意に名前を呼ばれて、返事をしながら振り向く。

「はい。どうしましたか、シェンリーさん?」

背後を見ると、馬車の窓から顔を出すシェンリーの姿があった。シェンリーは柔らかそうな白い髪を風で揺らしながら、目を輝かせて目の前に聳《そび》える大きな山を見ている。

「シェンリーさん?」

名前を呼ばれたと思ったが、気のせいだったのだろうか。そう思いながらシェンリーの名前をもう一度呼ぶ。すると、シェンリーはハッとしたようにこちらを見た。

「あ、すみません! あの大きな山に目を奪われてしまいました……っ! すごく雄大で……」

シェンリーが謝罪の言葉を口にする。それに微笑《ほほえ》みつつ、同じように山に視線を戻した。

「確かに、とても雄大で神々しい雰囲気ですよね」

目の前に聳える巨大な山は、他の山々とは一線を画す背の高さを有している。彫の深い山肌の表情が迫力のあるコントラストを作り出し、生き物が立ち入るのを躊躇《ちゅうちょ》するような厳しさを感じさせた。それでいて、真っ白に彩られた雪山としての美しさも確かに持ち合わせている。

そんな山が目の前にあれば、誰でも意識を奪われてしまうに違いない。

シェンリーは私の言葉に頷き、照れ笑いを浮かべる。

「はい。こんな景色、初めて見ました。ところで、エルフの国ってどんな感じでしたか？　今更ですけど、ちょっと気になって……」

そう聞かれて、隣に浮かぶ馬車を見る。

「グレン学長。シェンリーさんがエルフの国について聞きたいそうですが」

尋ねると、御者席に座るグレンが眉根を寄せてこちらに顔を向けた。

「お、おぉ……ちょっと、今はあんまり余裕が無いんじゃが……」

困ったような表情をするグレンに、頷いてから答える。

「飛翔魔術は魔力量よりも精密な調整が重要な魔術です。学長は十分お上手なので、すぐにもっと楽に扱えるようになりますよ」

「そ、それはありがたいのじゃが……今はまだ難しいというのが正直なところでの？」

「学長ならば大丈夫です。それでは、簡単で構いませんので、エルフの国の解説を……」

学長の訴えを退けて、説明を求める。嫌がらせというわけではなく、魔術を意識し過ぎない方が良いかと思ってのことだ。変に考え過ぎずに、感覚で魔術を扱う方がコツを掴みやすいだろう。

ちなみに、今回は変に外交問題みたいにならないように、少人数でエルフの国へ向かっている。飛翔の魔術を練習しているグレンの馬車には誰も乗っておらず、こちらの馬車にはシェンリーだけでなく、ソラレが虐められていた頃を知っているストラスとエライザが同乗していた。

「す、スパルタじゃのう……仕方あるまい。それでは、シェンリー君。こんなところでなんじゃが、ちょっとしたお勉強じゃ」

そう前置きして、グレンはシェンリーにエルフの国のことを教える。

「エルフの国。正式には始まりのエルフの血を色濃く受け継いだ国王が治めるエルフの王国、アクア・ヴィーテという。エルフの王国と言っても、統治しているのはこの霊峰の麓《ふもと》にある森の一部のみ。都市も湖の傍の一つのみじゃ。まぁ、他国の深い山脈や森林の中にも僅かに集落はあるが、それらはアクア・ヴィーテ側も正確に把握はしておらんしの」

グレンはそう言うと、遠い目をして山を眺めた。

「そもそも、エルフは長寿での。三百年以上生きる者もおる。そのせいか、中々子供を授かれない種族でもあるのじゃ。そうして、エルフは数百年をかけて数を減らしてきておる。じゃが、歴史だけは長いからの。古代魔術と呼ばれる独自の魔術を使うことが出来、魔力量に関しても他の種族より優れている……ああ、アオイ君みたいな特殊な人物は別じゃがな」

グレンが笑いながらそう告げると、シェンリーが複雑な表情で頷く。

「……な、なるほど。何故か、グレン学長の言葉に少しトゲがあるような……」

シェンリーが乾いた笑い声を上げながらそう呟くと、珍しくグレンが鼻を鳴らすように笑って口を開いた。

「ほっほっほ……そんなことはないぞい？　ちなみに、エルフの国はまるで時が止まったような国での。排他的な暗い性格をしておるから、他の国や種族の来訪を受け入れることはない。そのせいで魔術以外の部分では他国に大きく後れをとっておると思うぞい」

◇

「……おぉ、もうちょっと休ませてほしいんじゃが……」

「着いたら休めますよ」

「いや、精神的に休まらないというか何というか……」

歯切れの悪いグレンの態度をジッと見ていると、馬車から降りてきたエライザとストラスが困ったような顔をして歩いてきた。

「まぁ、その辺にして……」

「どうした？　何をそんなに急いでいる？」

二人にそう言われて、私はグレンから視線をそちらへ移して口を開く。

「学長はエルフの国に行きたくないから駄々をこねているのです。前回も同じでした。なので、休むなら目的の場所に着いてからにするのが適切です」

そう告げると、二人は見えない紐に引っ張られるように揃ってグレンを見た。馬車の傍に立つシエンリーも釣られるようにグレンを見ている。

「……い、いや、そんなことはないぞい。さぁ、エルフの国に入ろうかのう」

皆の視線にさらされて、急にグレンが顔を上げて前を歩き出した。それに苦笑しつつ、私は二台の引手の無い馬車を飛翔魔術で持ち上げて歩く。前回はエルフの国の目の前に降りた為、警備をしているエルフ達に警戒されてしまった。それを踏まえて、今回は少し離れた場所に降りてエルフの国に入国することにしたのだ。

見上げるような背の高さの木々や、透き通った水の小川。可愛らしい野花が緑の絨毯《じゅうたん》に模様を作っており、シエンリーはうっとりしたような表情で景色を楽しんでいた。

「……エルフの国、か。実際に来ることになるとはな」

ストラスが呟き、エライザが頷く。

「エルフの国に行ったことある人なんて聞いたことないですよ。里帰りでグランサンズに帰ったら自慢出来ます」

「……そうか」

二人はそんな会話をしながら側を歩いた。最初は二人ともエルフの国に抵抗があったみたいだったが、馬車を降りてからはそんな素振りを見せなくなっている。

気になったので、ストラスに質問する。

「エルフの国に何か問題でもあるのですか？　二人とも最初はかなり嫌そうに感じましたが」

そう尋ねると、ストラスはウッと顎を引いた。エライザにいたっては明らかに狼狽《ろうばい》している。

「答え辛い内容ですか？　無理にとは言いませんが」

一応、そう確認する。すると、ストラスは溜息を吐いて小さく首を左右に振った。

「……いや、単純に後ろめたいだけだ。ソラレが虐められていた時、教員は誰も助けることが出来なかったからな」

「その現場にいなければ、仕方が無いことかもしれません」

ストラスの懺悔《ざんげ》にも似た台詞に、フォローの言葉を口にする。しかし、ストラスは表情を曇らせたまま首を左右に振った。

「ソラレからすれば、助けてくれなかった教員は全て同罪だろう。それでなくとも何かは出来たはずだ。だから、自分でも自分の不甲斐なさに腹が立つ」

ストラスがそう呟くと、エライザも眉根を寄せて顎を引いた。それを見て、シェンリーが深刻な顔で口を開く。

「……わ、私も無理を言って同行させてもらいましたが、気持ちは同じです。似た境遇だったから……」

気落ちしてしまった二人に同調するようにシェンリーも項垂《うなだ》れる。

ソラレの境遇を知ってからというもの、シェンリーはソラレに強く感情移入したらしく、自らエルフの国への同行を申し出てきた。生徒が行く必要は無いと止めはしたが、珍しくシェンリーが自己主張するほど真剣な様子だった為、無下に断ることもできなかった。この際、私の講義を一から受けているシェンリーに、珍しいエルフの魔術を見る機会を与える為と称して許可したのだった。

そんな三人の様子を見て、私は微笑みを浮かべた。

「エライザさんとストラスさんは素晴らしい教員だと思いますよ。それに、シェンリーさんも勇気のいる選択だったと思います」

そう口にしてから、前方を指差す。

「さぁ、そろそろ着きますよ」

そう言うと、皆の顔が前方へと向いた。大きな木々の隙間を縫うように歩き、ようやく視界が開けていく。陽の光が梢の切れ目から差し込み、景色が明るくなった気がした。

そして、目の前にあの白い石の城壁が現れた。前回は空から見下ろしての景色だったから、あまりその大きさを意識していなかったが、中々の大きさだ。見た目が白いだけに優雅な雰囲気を感じるが、その頑強さは一目で分かる。

「わぁ、綺麗……」

シェンリーが城壁を見上げて、感嘆の声を上げた。それにエライザも同意する。

「本当ですね。美しい城壁です。やはり、これだけ深い森の中だと大型の魔獣も出るんでしょうね。

あ、でも、あまり城壁に傷はなさそうな……」

「エルフは魔術に長《た》けた種族だ。おそらく、魔獣の襲撃を防ぐような魔術を展開することも出来るのだろう」

「石か何かの防壁ですか？」

「どうだろうな。見る限り、地面に盛り上がった跡などは無いが……」

そんな会話をする皆を横目に見ていると、城壁の上から声が落ちてきた。

「そこの者、何用でこの地に来た！」

威圧するような力強い声だ。聞き覚えのあるその声に、私は顔を上げて飛翔魔術を行使した。馬車を浮かせたまま、ふわりと自分自身も空に飛びあがり、城壁の上にいる声の主と対面する。

「お久しぶりですね、シーバスさん」

そんな挨拶をすると、以前と変わらず生真面目そうな表情のシーバスが私を見て顎を引いた。

「……それほど久しぶり、というほどでもないだろう。それで、今回は人数が少し増えたようだが……」

シーバスはそう言いつつ、城壁の下を見下ろす。

「今回は、以前ステイル家の皆さんとお約束した件と、ブレスト君が話を聞いてくれるように他の教員の方々を連れてきました。今回は他の教員からも虐めについて意見をもらおうと思いまして」

「……自分でも何故か説明は出来ないが、アオイを通してはいけない気がしてきたぞ」

「……ステイル家との約束があるので通行を許可してもらいたいのですが」

理不尽なことを言うシーバスにそう告げると、シーバスは眉間に皺を寄せてじっとこちらを見てきた。

「……仕方がない。しかし、絶対に、絶対に無茶はしないでくれ。前回も君達が帰った後は大変だったんだ」

「何故でしょう？　シーバスさんはただ警護隊長としての仕事をしていただけでしょう」

シーバスの言葉に首を傾げつつ聞き返す。それにシーバスは溜め息を吐いて首を左右に振った。

「一部の方々からすれば、厄災を引き入れたに等しいということだ」

「……厄災？　いえ、特にエルフの国に害を与えるつもりもないのですが……」

予想外の言葉に困惑して返事をする。シーバスは皮肉げに笑い、小さく頷いた。

「こちらの事情だ。気にしないでくれ。それでは、開門しよう」

シーバスがそう言って他の警護兵に声をかけると、すぐに城門が開き始めた。

「今回はご迷惑をお掛けしないように気をつけます」

そう言って頭を下げるが、シーバスはフッと息を吐くように笑う。

「……気持ちはありがたいが、期待しないでおこう」

◇

城門が開き、すぐに城壁の下に戻り、きちんと城門をくぐる形での入国を果たす。

「わぁ……！」

シェンリーが目を輝かせて、エルフの国の街並みを見回した。フィディック学院のあるウィンターバレーも綺麗な街だが、この街はまた雰囲気が違う美しさがあった。

自然と街が同居したような作りと、統一感のある白い壁の建物。そして、街の奥にある美しい真っ白な城。城の造形も尖塔やアーチが並び、複雑かつ繊細な作りとなっている。

最初来た時はゆっくり眺める時間もなかったので気がつかなかったが、シェンリーが感動するだけあり、独特ながら長い年月で積み重ねられた洗練さが感じられた。

街並みを改めて眺めていると、城壁の上から階段を使って降りてきたシーバスが我々の前に現れた。生真面目な表情、というより厳《いか》めしい顔、といった方が正しいだろうか。

シーバスは眉間《みけん》に皺を寄せてシェンリーやストラス、エライザの顔を確認していく。

「……人数が増えれば増えるほど不安になるのは何故だろうか。ん？　そこの者はドワーフではないか？」

シーバスがエライザを見てそう口にすると、エライザの顔に緊張が走る。

「は、はい。エライザ・ウッドフォードと申します……」

エライザが丁寧に頭を下げて自己紹介すると、シーバスは不思議そうな表情をしながらも頷いて答える。

「……警護隊隊長のシーバスだ。いや、ドワーフを初めて見たものでな。失礼した」

シーバスがそう告げると、エライザは苦笑しつつ首を少し傾けた。

「……エルフの人達の方が珍しいと思っていたけど、この国では確かにドワーフの方が珍しいですよね」

馴れない扱いにエライザが困っていると、シーバスは納得するように浅く頷き、次にシェンリーに視線を移す。

「そこの少女は獣人のようだが、彼女も魔術を使えるのか？」

「はい、まだ十四歳ですが、上級以上の魔術を使うことができます」

シェンリーの代わりに私が胸を張って答えた。シーバスは何か言いたそうな表情をしたが、すぐに考え直すように小さく首を振り、グレンへと目を向ける。

「……個性的な面子《メンツ》だな。それでは、グレン殿。今日のところは宿に案内しようか」

「おお、宿があるのかの？　エルフの国は外界との接触を断っておるから、宿も無いかと思っておったぞい」

シーバスの言葉にグレンが小さく驚く。

「この国にも定期的に来る行商人がいる。極めて例外だが、人間の国で暮らすエルフの仲間が行商人をしているからな。その者達のために、集会所の一つを宿の代わりにしているのだ。十人程度なら問題なく宿泊することが出来るだろう」

「なるほどのう。エルフの商人ならフィディック学院にも来たことがあるぞい。もしかしたら同じ人物かもしれんの」

二人はそんな話をしながら、連れ立って歩き出した。しかし、私は誤魔化されない。

少しわざとらしく咳払いをしてから、二人の背中に声を掛ける。

「申し訳ありませんが、最初はステイル家に向かいましょう」

そう告げると、二人はぴたりと動きを止めて仲良く振り返った。

「……着いてすぐにか」

「そうじゃなぁ……アオイ君じゃものなぁ」

揃って肩を落とす二人を見て、ストラスとエライザが疑惑の眼差しをこちらに向ける。

「……何をした？」

ストラスが短い言葉で私の余罪を自白させようとした。いや、私は悪いことはしていないので大丈夫だろう。

そう思ったが、つい先ほどシーバスが私とグレンのせいで大変だったと言っていたことを思い出した。

「……何かをしたつもりはありませんが、どうやら貴族の方々を騒がせてしまったようです」

そう答えると、ストラスとエライザが深く頷く。

「やっぱり」

「そうだと思いました」

二人は同時にそう呟いた。シェンリーも苦笑しつつ何も言わないのが歯痒《はがゆ》い。

まるで、私が故意に騒ぎを起こしたと思われていそうだ。しかし、前回はステイル家の母子が原因のはずである。そう思ってグレンとシーバスを見たが、二人とも目が合ったのに何も言わずに前方に顔を向けた。

「さぁ、行くならさっさと行こう」

「そうじゃのう」

そう言って歩き出す二人に、ストラス達も遅れて歩を進める。

「さぁ、行こうか」

「アオイさん、行きましょう」

「わ、私はアオイ先生の味方ですから」

三人はそう声を掛けながら先に歩いていく。何故か疎外感を覚えつつ、私も後に続いて歩き出したのだった。

◇

町の中に入ると、シーバスが連れてきた警護隊の隊員達が私達の周りに立った。今回は五人いるからか、周りの隊員達の人数も多い。

「……それにしても、人数が多いような」

と、私は改めて周りを確認する。周囲には壁のように二十人以上の警護隊の隊員が立っていた。私の左右に五人ずつ、前方に三人。残りは後方だ。

気になって一人一人の顔を確認していると、シーバスが険しい顔でこちらを見た。

「……不審な動きはしないように。他国の上級貴族であるグレン殿と、フィディック学院の教員達として案内しているのだ。安心して、何もせずに同行してもらいたい」

「何もしてません。ただ、今日は我々の人数が多いから大勢の警護隊の皆さんが付いてきているのだと思って……」

そう答えると、シーバスは不満そうに私達を見る。

「……それも前回のアオイの行動のお陰だ。私も同席していながら、争いを諌《いさ》めることが出来なかったと責められた。ゆえに、今回は武力で制圧できる人数を揃えるように言われている」

シーバスが理由を説明すると、またもストラス達の目がこちらに向いた。

「……アオイ……」

「アオイさん……」

「アオイ先生……」

三人が咎人《とがびと》を見るような目で私を見ている。

「いえ、私は自己防衛のために行動したまでです。自分から魔術を発動したわけではありません。そうですよね？」

助けを求めるようにグレンに確認をとるが、グレンは話を聞いてもおらず、シーバスに話しかけていた。

「……この警護隊の皆さんはどれくらいの魔術を使えるのじゃろう？」

「古代魔術……人間の魔術で言うところの特級相当の魔術を皆が使いこなせる。それも五セル以内……そちらの感覚ならば二小節の詠唱で発動が可能だ」

シーバスがそう告げると、エライザが目を丸くして驚く。

「す、凄いですね……特級となると、私も二小節では扱えません」

エライザが素直に驚嘆しながら感想を述べる。それに、他の警護隊のエルフ達が思わず振り向いた。

「……特級魔術を扱えるのか？」

「こんな子供が？」

「まだ三十年も生きていないのではないか……」

今度はエルフ達が驚嘆し、呟く。シーバスはそんな警護隊の面々を一瞥すると、こちらを見て口を開いた。

「……恐るべきはフィディック学院ということか。いや、我が国の常識が今や時代遅れなのかもしれないな。なにせ、この国ではドワーフは魔術師としての才能に劣ると信じられているのだから」

自嘲気味に笑って、シーバスはそう口にした。

「あ、いや、ドワーフ族は確かに魔術は……」

エライザが慌てて訂正しようとしたが、それをストラスが片手を挙げて止める。

「何も言うな」

ストラスがそう告げると、エライザは困惑しながらも口を自らの手で塞いで噤《つぐ》んだ。その様子に首を傾げつつ、シーバスは再び前を向く。

「さぁ、もう目的地に着くぞ」

シーバスはそう言って、前方を指差した。自然と皆の視線が街の奥に向かい、目的の建物が目に入る。

第二章 ステイル家

ステイル家に着くと、周りを囲んでいた警護兵達が左右に分かれて道を空けた。先頭にはシーバスが立ち、私の後ろには二人だけ残っている。

「……今回は、出来る限り穏便に頼みたい」

「こちらとしてはそのつもりなのですが……」

シーバスの言葉に不服であると申し立てる。しかし、シーバスは深い溜め息を吐いて首を軽く左右に振ると、ステイル家の門を叩いたのだった。

暫くして、扉を開けて執事が現れる。ポットだ。背筋を伸ばして、こちらを警戒するように見下ろしている。一瞬の間を空けて、ポットは目の前に立つシーバスを見て顎を引いた。

「……ようこそ、シーバス警護隊長。また、グレン侯爵、アオイ様も……ようこそ、ステイル家へ。そちらの方々はフィディック学院の教員でいらっしゃいますか？」

挨拶をしながら、視線はストラス達に向かう。その質問に、グレンが頷いて答えた。

「うむ。一般教員のストラス君、エライザ君じゃ。あと、生徒を代表してシェンリー君にも来てもらっておる」

「教員のストラス・クライドです」

「エライザ・ウッドフォードと申します」

「あ、えっと、シェ、シェンリー・ルー・ローゼンスティールです……」

グレンが紹介すると、ストラス達が順番に自己紹介をした。それに頷き返して、ポットが口を開く。

「ステイル家の家令をしております、ポットと申します。ご案内いたしますので、どうぞこちらへ。ああ、申し訳ありませんが、最大で十名までとさせていただきますが……」

「問題ありません。グレン侯爵一行五名と、私を含む警護隊五名でお願いします」

「分かりました」

そんなやりとりをして、ポットは館の扉を開けて中に誘導した。中に入り、一つの広間に十人が入れられる。広間は長方形で奥からシーバス達警護隊のメンバーが並び、手前に私達が並ぶ形となった。椅子はあるが、警護隊の誰もが座らなかった為、なんとなく流れで我々も立ったまま待つことにした。

待ち時間ということもあり、なんとも言えない沈黙が広間を支配する。ストラスはともかく、エライザとシェンリーは緊張しているのが手に取るように分かった。

不安そうなシェンリーの肩に手を置き、声を掛ける。

「大丈夫ですよ。私が主に話しますから」

「……それが不安なんじゃが」

シェンリーが困ったような表情になると、グレンが代弁するようにそう呟いた。

この国に着いてからずっと誤解されたままのような気がするので、是非とも理知的な会話を見せて誤解を解きたいところである。

そう思って扉を睨んでいると、想いが通じたように扉が開いた。

扉の向こうから現れたポットは訝しげに私の顔を見た後、扉を片手で開けて後に続く人物達を招き入れる。

現れたのは目を細めた表情が印象的なエルフだった。髪は長く、美しい金髪である。白いローブを着ていて、手には大きめの木の杖を持っていた。

そして、ブレストとその母のピーアも姿を現した。二人は敵意を隠すことなくこちらを睨み、静かに男の後ろに立っている。

三人が入室したことを確認して、ポットは静かに扉を閉めて壁の方へ移動した。

全員が揃ったか。そう思ったところで、細目のエルフが口を開いた。

「ようこそ、グレン侯爵。そして、フィディック学院の皆様。私はこのステイル家の当主、スパイア・ジン・ステイルと申します。この度は、どうやら我が息子であるブレストがご迷惑をお掛けしたようですね」

挨拶と共に、スパイアと名乗るエルフはそう告げる。これにはグレンもすぐさま低姿勢となり、片手を左右に振りながら苦笑する。

「あぁ、いやいや……子供同士のことであるからのう。ブレスト君が反省してくれたならそれで良いと思うておる。うむ。名乗るのが遅れてしまった。ご存じのようじゃが、わしはグレン・モルト。今日は侯爵としてではなく、フィディック学院の学長として来ておる」

グレンが挨拶をすると、すぐにストラス達が挨拶をしていく。なんとなく順番待ちのような気持ちになり、私は最後に自己紹介をすることにした。

「……アオイ・コーノミナトです。フィディック学院の教員をしております」

挨拶をしながら一礼すると、スパイアの目が薄く開いた。

「……貴女《あなた》がアオイ先生、ですか。妻から聞きましたが、エルフにも匹敵する魔術の使い手、だそうですね？」

そう言われて、どう答えたものか思案して口籠る。すると、何を思ったのか、スパイアが息を漏らすように笑った。

「まぁ、少々大袈裟《おおげさ》かもしれませんが、妻がそのように話す異種族は珍しいもので……私も多少興味を引かれました」

そう呟くと、スパイアは視線をグレンに戻す。

「さて、早速ですが、我が息子、ブレストについてのお話を聞きましょうか」

そう言って、スパイアが身振りで椅子に座るように指示を出し、自らも椅子に腰かけた。スパイアが話を戻すと、グレンだけでなくストラス達の顔も引き締まる。やはり、エルフの国の重鎮ということを気にしているのかもしれない。もし、他国の貴族を怒らせて国際問題に発展したら、という感覚もあるのだろう。

しかし、それはそれ、これはこれである。

虐め問題は、地位や国などではなく、今は生徒と教師、そして保護者という立場で考えなくてはならない。

その思いで、私はスパイアに向き直った。

「それでは、お言葉に甘えてブレスト君のお話をさせていただきます。スパイアさんは、詳細をご存じですか？」

そう聞き返すと、スパイアは口の端を吊り上げて真っ直ぐにこちらを見てきた。まるで私の動向を窺うような感情の感じられない目だ。多少の威圧の意思が籠っているが、それには気がつかないフリをする。

「いえ、詳しくは……どうやら、揉めた相手はグレン侯爵のお孫さんだったとは聞いていますが」

と、スパイアは困ったように笑う。あえて、先ほどのグレンの挨拶の内容を無視して再び侯爵と呼ぶスパイア。その言葉を悪く受け取ると、貴族として話をしようとしているように見える。

そうなると、グレン侯爵の立ち位置を考えるなら追及し難い状況となる。外交などを全て無視して、わざわざ孫の為にエルフの国にまで殴り込みに来てしまった貴族ということになってしまうだろう。

それは国対国としても、貴族的な意識としても同様である。つまり、スパイアは政治的な悪手を選択するつもりかと脅してきているかもしれないのだ。

その証拠に、グレンの表情は強張っている。

「……いや、わしの孫だから来たわけではなく、ブレスト君の教育の為に……」

しどろもどろになるグレンの言葉に、スパイアは失笑とともに首を左右に振った。

「……それは、人間の文化ですか？　ブレストは既に学院を去った身です。その感情が復讐心でなく、本心からの善意だとしても、随分と押し付けがましい躾だと思いますが？」

「ふ、復讐などとは……」

反対にスパイアに追及される形となり、グレンはついに押し黙ってしまった。それには、ピーアとブレストも隠す事なく笑みを浮かべる。

グレンだけでなく、ストラス達も不安そうにこちらを見た。

そして、釣られるようにスパイアも含みのある笑みを浮かべて振り向く。

「……確かに、大きなお世話かもしれませんね」

私はそう呟き、顔を上げた。

◇

私の一言に、場の空気が変わる。グレン達は血の気が引いたようになって息を呑み、スパイアは勝ち誇ったように笑みを深める。

私の言葉をどう受け取ったのかは明白だ。

しかし、言葉を続けるとその表情はまた変わる。

「今回の件は、私の拘《こだわ》りによるものです。一度でもフィディック学院に在籍した生徒なら、直接関わっていなくても同じ生徒だと思ってます。なので、グレン学長の意思ではなく、私が自分の判断で家庭訪問をしようと決めました」

そう告げると、スパイアの顔から表情が失われた。どうやら思惑通りとは言えない展開となったようだ。スパイアは細い目を更に細めて首を僅かに傾げる。

「……魔術師としての知識と技術はあるのかもしれませんが、政治的な部分は疎いようですね。まぁ、良いでしょう。それで、アオイ先生はフィディック学院に迷惑をかけるかもしれないと考えもせずに、独断でエルフの国にまで訪ねてきた、ということですね。その行動が正しいかどうかは置いておいて、アオイ先生の考え方はよく分かりました。それで、先ほどの話の続きとなりますが、学院でのブレストの起こした問題について聞かせてください」

スパイアが余裕を感じさせる態度でそう口にした為、グレンに視線を向けた。すると、グレンは一度溜め息を吐き、とても言い辛そうな表情で口を開く。

「……ブレスト君は、どうやらハーフエルフや人間を見下しておったようでの。過度な暴言や差別的な発言も多かったようじゃ。また、同じ講義を受けることは無かったようじゃが、学院内での暴力、魔術による危険な行動なども見られたと記憶しておる」

グレンがそう言って悲しそうに目を伏せると、スパイアはしばらく静かに黙っていたが、やがて眉をひそめて口を開いた。

「……ん？　それで、他には何があったのでしょうか。まさか、それだけではありませんよね？」

スパイアが驚いたような表情でそう言うと、グレンが眉間に皺を寄せて頷く。

「それだけ、とは……魔術を使って衣服を切り裂いたこともある。石や氷を飛ばして怪我をさせたこともあるようじゃ。喧嘩、というには明らかにやり過ぎとも言える行為じゃろう」

補足するように説明をする。それに、スパイアは面白くなさそうに首を傾げた。

「ふむ……それで、お孫さんは癒しの魔術でも治療できないほどの怪我を負ってしまった、ということですね。ならば、我が国で治療をしましょう。よくメイプルリーフ聖皇国の癒しの魔術の噂を聞きますが、エルフの古代魔術にも優れた癒しの魔術があります。フィディック学院で治療が出来ずとも、我が国なら治療することが出来るでしょう」

スパイアはそう言って、話は終わりだと言わんばかりの態度をとった。その様子に、グレンは短く息を吐く。

「……幸いにも、そのような大きな怪我はしとらん。しかし、本人はひどく傷ついてしまっておるのじゃ。ブレスト君には、今後そのようなことをしないように気を付けてもらえたらと思っているのじゃよ」

グレンが諭すようにそう告げると、スパイアは呆れたような表情になって固まる。そして、その後ろではピーアとブレストが失笑しつつグレンの顔を眺めている。

その態度に、少し腹が立った。グレンが何か言おうとしていたようだが、我慢できずに横から口を挟んでしまう。

「……スパイアさん。虐めというのは大きな問題です。場合によっては、ブレスト君の行為によって虐められた子は未来を台無しにされてしまうことだってあるのです。もし、これが逆であったならどうでしょうか？　例えば、そこにいるシェンリーさんがブレスト君を虐めて、ブレスト君がもう家から出ることが出来なくなってしまったとしたら……」

話の途中で、ブレストが噴き出すように笑いだした。

「ふっ！　はっはっは！　いくらなんでも、獣人なぞに魔術で負けるなどあり得ない話じゃないか！」

ブレストが腹を抱えて笑うと、ピーアまでもが楽しそうに笑った。急に話題の中心となってしまったシェンリーは、謂《いわ》れも無い羞恥に俯いて身を固くしてしまう。

失態だ。私が余計なことを言ったせいで、シェンリーを傷つけてしまった。罪悪感を覚えて何とかフォローしようとブレスト達を見る。

「いえ、エルフや人間だけでなく、獣人、ドワーフも大きな違いはありません。どの種族であろうと一流の魔術師になる素質を持っています。ただ、適切かつ効率的な魔術の学習が出来ていないだけです」

そう告げると、スパイアが鼻を鳴らして口の端を上げた。

「……なるほど。人間基準での一流の魔術師という部分は理解できました。しかし、大きな違いが無い、というのは無理がありますね」

そう口にして、スパイアは肩を竦《すく》めつつグレンを横目に見る。

「私の記憶が確かなら、グレン侯爵は幼少時にこの国を出て行ったと聞いたことがあります。つまり、グレン侯爵はエルフの魔術の多くを習得することなく外の世界へ出てしまった、ということです。そんな状況でありながら、人間の国で世界最高峰といわれるフィディック魔術学院の長《おさ》となることができたのはエルフの血が大きな要因と言えるでしょう。たとえ、半分しか流れていなかったとしても、ね」

スパイアがそう口にすると、グレンは何も言えずに口を噤んだ。ストラスの顔にははっきりと怒りの感情が浮かんでいたが、我慢しているらしく口を開こうとはしない。ちなみに、一番魔術的な面で劣る種族といわれるドワーフ族のエライザは恥じるように俯いている。

だが、私はそのスパイアの口にする常識に異を唱える。

「それはあまりにも世間知らずではありませんか？　スパイアさんはまだエルフの国を出たことが無いのかもしれませんが、外には多くの優れた魔術師がいて、その全てがエルフというわけではありません」

はっきりとそう告げると、スパイアは強い苛立ちを顔に浮かべて、前のめりになるような恰好で上体をこちらに出した。

「……ここまで無礼な物言いをされると、いっそ清々《すがすが》しいほどと言えますね。私の言葉に反論する人が君以外にいなかったことを考えると、どちらが常識的な考えだったのか自《おの》ずと分かりそうなものですが」

「スパイアさんは世界各国を旅されたことがある、ということですか？　たとえば、どちらの国に行かれたことが？　まさか、他の国々に行ってもいないのに魔術はエルフが一番だと口にしているわけではありませんよね」

確認するようにそう尋ねると、スパイアは何も言えずに閉口し、私を睨む。元々冷え込んでいた広間の空気が更に一段階気温を下げてしまったような気になる。

思わず感情的になって揚げ足を取ってしまった。

胸の内で反省しつつ、冷静になろうと居住まいを正してスパイアに向き直る。

「すみません。エルフの方々は基本的に国を出ないことを知っていて指摘してしまいました」

一言謝罪の言葉を口にすると、ほんの僅かだが空気が和らいだ気がした。しかし、まだまだ話は終わっていない。それどころか、本題にすらは入れてない。

気持ちを切り替えて、スパイアがどうすれば納得して他の種族を見下さないようになるか。また、本題であるブレストへの教育的指導においても考えなくてはならない。

さぁ、ここからが正念場である。

虐めは悪い。差別はダメだ。そう口にしたところで、当の本人がそういったことを一切していないのかと問われたら、そこははっきりと答えることが出来ない。自分では人によって差をつける行為はしていないつもりだが、無意識に差別をしてしまっていることもあるかもしれない。

しかし、だからといってスパイアの差別的な意識をそのままにしていてはいけないと思う。

なので、どうすれば良いか直接聞いてみることにした。

「……スパイアさん。どうすれば他種族にも優れた魔術師がいると認められると思いますか？」

そう尋ねると、スパイアは息を漏らすように笑い、手のひらを私達に向けた。私、ストラス、エライザ、シェンリーを順番に眺めて、口を開く。

「エルフの血が流れていない皆さんが、私達が驚くような魔術を披露してくれたなら、多少は考えを変える必要があると認識するかもしれません」

そう言ってから、スパイアはまるでそんなことはあり得ないとでも言うように声を出して笑った。

しかし、これは少し困ってしまう提案である。残念ながら、ストラスもエライザも、そして学生であるシェンリーも、エルフが驚くような魔術の行使はハードルが高い。

せめて、後一年ほど私の講義を受けてくれたならとも思うが、もうどうしようもないだろう。

どうしたものかと思っていると、真剣な目をしたシェンリーが自ら立ち上がって口を開いた。

「……そ、それでは、学生である私から魔術を……」

シェンリーがそう告げると、ストラスやエライザが目を丸くして驚く。いや、恐らく私も同じような顔をしているだろう。いつも引っ込み思案な性格で自分から前に出ることが出来ないシェンリーが、自らそんなことを口にするとは。

一方、スパイアは笑みを深めて頷いた。

「どうぞ。この広間には防護用の魔術を展開しますので、気にせずに魔術を使ってみてください」

スパイアがそう口にして、僅か数秒で魔術を行使する。詠唱は聞き覚えの無い言語であり、節目が分からないが、唄うような呟きだった。広間の壁や床、天井などを淡い光が覆っていき、室内が薄く発光しているような感覚になる。

どうやら、薄い魔力の膜のようなもののようだ。しっかりと分析してみないと科学的に判別することが出来ないが、気体・液体・固体問わず、様々な物質を遮断する壁のようである。

実証出来ないが、斥力に近い性質だろうか。

スパイアの魔術を研究したい衝動に駆られるが、今はシェンリーの方が大切である。後ろ髪を引かれる思いで周囲に展開された魔術から視線を外し、シェンリーに目を向けた。

シェンリーは既に目を瞑って詠唱を開始しており、両手で自分の前に魔力を集中させている。

「……これは、雷の魔術ですね」

シェンリーの詠唱を聞いてすぐに何の魔術か思い至り、暴走に備えて準備を始める。もし、激しい放電が起きて近くの者が感電した場合、無防備であれば生死に関わる。それはたとえ私やオーウエンであったとしても例外ではない。

もちろん、魔術具による防御策は準備してあるが、それらが作動しなかった場合、一瞬で命を落としてしまうだろう。

シェンリーの詠唱を笑いながら眺めていたスパイアとピーア、ブレストだったが、やがて小さな球体が生まれ、それが大きくなっていくのを見て、表情が変わっていった。

そして、目に見えて放電が発生した瞬間、その表情は険しいものとなる。

「……疑似的な雷の生成、だと？　いや、まさか、獣人の子供が……？」

その表情、声に、先ほどまで浮かんでいた嘲りは一切見当たらない。ピーアとブレストも同様である。

三人が驚きを隠せないでいる中、我々の後方から焦りを含んだ声がした。

「あ、アオイ！　彼女の魔術は大丈夫なのか!?　これ以上大きくなったら、暴走した時に怪我人が出るぞ！」

声を上げたのはシーバスだ。周囲を見れば、ストラスもエライザも壁際に退避しているし、警護隊だけでなく執事のポットも緊張感を滲ませている。

私は全員に聞こえるように、魔術の準備をしつつ口を開いた。

「ご安心ください。暴発しそうな時はすぐさま対処しますので」

そう告げる間にも、シェンリーの作った雷の球は激しさを増しつつ膨張している。もう既に直径一メートル近くになっており、さながら大きく発達した雷雲を極限まで圧縮したかのような迫力を放っていた。

「……本当に、これが発動しても無力化できるのか？」

スパイアが真剣な目でそう問いかけてきた。できないと答えたらどうするつもりなのか。そんなことを考えつつ、シェンリーの前に浮かぶ雷球を眺める。

「問題はありません。しかし、これ以上大きくなると暴発しなくても誰かに接触してしまうかもしれませんね」

そう答えてから、私はシェンリーに声をかけた。

「シェンリーさん。そろそろ良いと思いますが……」

「え？　あ、そ、そうですね……！」

声を掛けると、シェンリーは閉じていた目を開き、周囲の人々の表情と広間の中の張りつめた雰囲気に気が付いた。慌てた様子で返事をしつつ、魔術の抑制にかかる。

しかし、かなりの勢力になった小型の雷雲を制御するのは難しいようだ。これ以上大きくしないようにするくらいしか出来ていない。

「う……っ」

シェンリーが呻くような声をあげると、スパイアの後ろにいるピーアとブレストが息を呑んで一歩下がる。スパイアも顔が強張っていた。

そして、室内にいる何人かが魔術の詠唱を開始する。エルフの魔術言語がまだ理解できていない私は、もしかしたら攻撃の為の魔術を使う人もいるかもしれないと思い、急いで先に魔術を行使した。

「避雷針《ヒライシン》」

魔術を発動した瞬間、シェンリーの目の前に金属の棒が現れて地面に突き立った。館の床を貫通してしまったことは申し訳ないが、後で修理することで許してもらおう。

館の床を貫通して地面への通り道を得た雷は、あっという間に放電を止めて地中へとその力を流出していく。そうして力を失った雷球は瞬く間に姿を消した。

危機が去ったと一目で分かり、広間にいる全員がホッと胸を撫で下ろす。

「す、すみません……」

シェンリーが頭を下げて謝罪する。それに微笑みながら片手を振った。

「大丈夫ですよ。対処は出来ましたから」

そう答えると、スパイアが渋面を作って口を開く。

「……我が家の床に穴が空いたようですが」

「あ、そちらについては本当に申し訳ありません。すぐに修理いたします」

スパイアの言葉にハッとして謝り、素早く魔法陣の準備をする。

「ちょっと失礼します。後で掃除はしますので」

そう前置きをして、簡単に土の魔術を使って穴の空いた床に魔法陣を描いた。

「……何をしている？」

「穴を塞ごうと思いまして……よし、出来ました」

質問に回答しつつ、魔法陣を完成させる。そして、その場にしゃがみ込んで魔法陣に手を触れると、魔力を流し込んだ。

土で作った簡易的な魔法陣は薄っすらと光を放ち、木で出来た床がまるで生き物のように動き始める。

【ＳＩＤＥ：スパイア】

何が起きたのか。

間違いなく、広間にいた者の大半がそう思ったことだろう。

それもそのはずである。アオイが見知らぬ魔術を発動させると、床に使っていた木材が生き返ったかのように伸びていき、穴を塞いだのだ。

確かに、エルフの使う古代魔術にも似た方向性の魔術はある。エルフの魔術が精霊魔術という別名で呼ばれる通り、様々な物質ごとに魔術の在り方に差異がある。特に、樹の精霊魔術は顕著だろう。

動物と同じく、生命があるものに介入して変化を与える魔術だ。この魔術は扱いが難しく、樹木を成長させるといった効果を発揮することも可能である。その一点に着目した場合、この魔術はあ

る意味で時間を操作して樹木を老いさせている、とも言えるのだ。魔術の常識として、時間を操ることは不可能である。それ故に、樹の精霊魔術は一部から魔術の深淵に最も近い魔術と考えられている。

その樹の魔術を用いたとしても、既に生命を失った樹木を相手には今のような効果を発揮することは出来ない。

このアオイという人間は、どうやって死んだ樹木を成長させたのか。

それまで「身の程知らずの人間が大言壮語を吐いている」程度の認識だったというのに、途端に薄気味悪くなってくる。まさかとは思うが、死者を生き返らせて使役する闇の魔術を研究しているのだろうか。

先ほどまでとは違う緊張感でアオイの動向をうかがっていると、当の本人は何食わぬ顔で床の様子を確認してから立ち上がり、顔を上げた。

「少し色が違いますが、時間が経てば馴染むと思います。これでよろしいでしょうか？　もし、他の部分で傷みが生じてしまっていた場合は、その都度補修を行いますので……」

そんな間の抜けた回答を聞き、私は慎重に頷く。

「……もう床のことは気にしていません。ところで、今行った魔術は？　魔法陣はエルフの国でもいまだに使う者はおりますが、数百年生きた老人ばかりです。人間の貴女がどうやって習得したのでしょうか」

無意識に早口気味になってしまったが、アオイは質問の内容を吟味するように静かにうなずいて口を開いた。

「今の魔術は私のオリジナル魔術です。木材を構成する繊維を補強しながら薄く伸ばし、均等化することで以前よりも強くしながらも木材らしい見た目を残すように処置しています。ちなみに、この魔術は主に繊維を加工する為にあるので、金属では効果がありません。なので、金属の加工などは別の魔術を使っております……あ、魔法陣はある方に教えていただきました。魔法陣だけでなく、魔術具などもその方から教わっております」

丁寧な回答をして、アオイは無言に戻る。恐らく、アオイの説明を聞いた誰もが完全に理解をすることが出来なかったはずだ。しかし、アオイは当たり前のことを口にしたような態度で黙っている。

この人間の独特な間というか、空気感が苦手だ。エルフも貴族も関係ないとでもいうような態度で、自分の考えをはっきりと述べてくる。全て自分に対する自信からきているのかもしれないが、それでも悠然とし過ぎている。

自分でも気が付かないうちにアオイの雰囲気に呑まれているのかもしれない。そう思い、深く息を吐いて気持ちを落ち着ける。

「……なるほど。よく分かりました。それで、まさかとは思いますが貴女の得意なその魔術が、我々エルフの魔術よりも優れた魔術、ですか？」

そう告げると、アオイは首を僅かに傾げた。

「……？　いえ、別に魔法陣がエルフの魔術よりも優れているとか、そういったことを言いたいわけではありません。私が言いたかったのは、エルフが最も優れているとか、獣人やドワーフが劣っているとかいう考え方を止めてもらいたいと……」

アオイにそう言われて、自分が本来の話から外れた思考になっていたことに気が付く。

「ああ、そうでしたね。そういう意味では、そこの獣人の少女の魔術は確かに中々見応えがあったように思います。まぁ、制御できない魔術に意味があるかは不明ですが」

一言、足りない部分を指摘しておく。獣人の少女は羞恥に耐える様に俯き、奥の人間の男がこちらを睨んできた。間違ったことは言っていないのだから、睨まれる筋合いはない。

「それで、次はそこのドワーフですか？」

確認の為に尋ねると、アオイはドワーフの少女を見た。

「エライザさん、どうしますか？」

そう尋ねると、エライザと呼ばれたドワーフの少女は不安そうな顔で顎を引くが、すぐに決意を固めて顔を上げる。

「は、はい……！　私も、ドワーフだって魔術を扱えるんだって見せつけてやります！」

鼻息も荒くそう宣言するエライザに、失笑を返す。

「ふっ……見せつける、ですか？　ドワーフといえば低レベルな火の魔術。それも、鍛冶を行う為に行使する程度の魔術ばかりと聞いていますが？」

笑いながら尋ねると、エライザは眉根を寄せてこちらを見た。

「そ、それは偏見だと思います。ドワーフは火、土、水、風の魔術を主に使いますが、十分高い技術を持つ魔術師が何人もいます。私がそうであるとは言えませんが、それでも低レベルな火の魔術のみなんてことはありません」

そう言ってから、エライザは肩を怒らせてアオイの前に出てくる。

「私は、魔法陣を使ってゴーレムを作成したいと思います」

エライザがそう言って何か準備を始めようとするのを見て、グレンが慌てた様子で両手を上げた。

「お、おお！　ちょっと待ってくれんか！　そんな魔術なら外でやるべきじゃと思うんじゃが⁉」

グレンの言葉に、アオイも深く頷いてこちらを見る。

「そうですね。エライザさんがゴーレムを作るなら、外で良いかと思います」

二人のセリフを聞き、私は我が耳を疑って口を開いた。

「……まさか、一からゴーレムを作成する気ですか？　石だろうと金属だろうと、ゴーレム作りはそれなりに制作の期間が必要です。そこまで我々も暇ではないのですがね？」

常識外れなことを言い出すアオイ達にそう釘を刺すが、特に表情に変化はない。むしろ、当たり前だというように頷き返された。

「もちろんです。あまりお時間は取らせないようにしましょう」

アオイがそう答えると、エライザも同様に頷いたのだった。

第三章　エルフの魔術

「かなり練習しましたが、やっぱり不安ですね」

ステイル家の中庭に出て早々、エライザはそんなことを言いながら苦笑をみせた。だが、慣れた様子で手早く地面に魔法陣を描いていく姿は頼もしく映る。

ステイル家の三人と執事のポット、ブレスト達警護隊の面々は不審な者を見るような目で屋敷の方から見ているが、ストラスとシェンリーも若干不安そうな表情でエライザを見守っている。

文化祭などがあった為、それぞれがどんな魔術の研究をしてきたか知らないからだろう。

しかし、実はエライザは毎日欠かさず魔法陣の勉強を行っていた。私も週に一度程度だが、エライザの学習に協力している為、どれだけ頑張っているか知っている。

何度も何度も描いてきた魔法陣を描いていき、エライザはこちらを確認するように見た。

「大丈夫だと思います。よく出来てますよ」

そう答えると、エライザはホッと胸をなで下ろし、出来たばかりの魔法陣の傍で姿勢を低くして手を伸ばす。

魔力を込めると、魔法陣が薄っすらと青い光を放った。

そして、徐々に魔法陣の中心の円の中で土が盛り上がり始め、小さな山のようになっていく。土山は徐々に大きくなり、やがて人の身長ほどの高さになった。

魔術を行使している人にしか分からないことだが、ここからが難しい。集めた土を成形し、固め、更には動けるように関節部分に曲げ伸ばしが出来る細工をする。そして、頭から魔力による神経を張り巡らせて、指令を聞いて適切な動きが出来るように判断する頭脳を作り上げなければならない。

それが出来なければ、ただの人形でしかないのだ。

そういった難度の高さから、ゴーレムは極めて簡単なものしか作られていない。動きも蝸牛《かたつむり》のように緩慢で、歩いて移動するだけでかなりの時間を要するほどである。更に、素材も限定的であり、一部の国ではもう研究すら取りやめられているような代物だ。

エルフの国ではまだゴーレム作りは継続しているのか、ゴーレムを作ること自体に驚きはなかったが、それでもあまり良い反応ではない。

オーウェン曰く、古代のゴーレムは人間と同程度とまでは言わないが、それなりの速さで動け、多少複雑な指令にも対応できたらしい。

オーウェンの教えだけでなく、フィディック学院の蔵書を読んでゴーレムの仕組みや可能性について検討を重ねた結果、私は一つのアイディアに行き着いた。

頭脳をプログラムのようにして作る、ということだ。これまでの文献では、ゴーレムの指令に対する行動は曖昧な部分が多かった。それ故に、行動が遅くなったり、複雑な動きが出来なかったりしたのだ。

魔力を流し込んである程度の期間保存できる魔力貯蔵庫と、プログラムの容量でそれぞれの命令に対応する動きを定めた魔力回路。この二つのおかげで、エライザのゴーレムは大きく進化したと思う。もちろん、それ以外でも人体の構造を用いた体作りや、魔力の伝達を行う為の神経用素材の研究も行っている。

こうした研究成果をきちんと反映できるように、魔法陣は何度も更新された。エライザはその度に魔法陣の形や魔力の流す量を一から憶え直してきた。

こうした陰の努力もあり、エライザのゴーレムは十分な能力を備えながらも、わずか十数分で完成したのだった。

成形の段階で背は縮み、エライザと同等程度にはなったが、立方体と円柱を組み合わせたような無骨なゴーレムが完成した。

エライザは満足そうにゴーレムの姿を上から下まで確認して、スパイア達に向き直る。

「完成しました！」

エライザが宣言すると、呆気にとられたような面々が出来たばかりのゴーレムを眺める。代表するようにスパイアが前に出てきて、エライザのゴーレムを見下ろした。

「……確かに、恐るべき速度でゴーレムが出来上がりましたね。しかし、これは形だけでしょう？　それならば、特にゴーレム作りを学んだことの無い私でも作成可能ですが」

馬鹿にするように笑いながらスパイアが感想を口にして、ピーアとブレストも噴き出すように笑う。

それに、エライザは自信満々といった笑みを浮かべて首を左右に振った。

「いいえ、これはちゃんとしたゴーレムです。それも、高い能力を持ったゴーレムです」

エライザが答えると、ブレストが顎をしゃくってゴーレムを指さす。

「なら動かしてみせろ」

挑発的なその言い方に、エライザは薄い胸を張って頷く。

「はい、もちろんです。『前進』」

エライザが一言指令を伝えると、ゴーレムは上体を僅かに上げて右足を前に出した。地面に右足が着くと同時に自身の後方へと送り出して重心を移動しながら、同時に左足を出す。スムーズな動きだ。

人間の動きほどではないが十分に滑らかな動きで歩くゴーレムに、皆が唖然とした表情を作る。

「『右に方向転換』」

エライザが次の指令を出すと、ゴーレムは即座に体の向きを変えた。指令寸前に踏み出してしまった足の分は仕方がないが、次の足を出す前に上半身を右に向けて、次につま先の向きを変えながら腰を回す。

こちらも中々良い動きだ。頑張って考えた甲斐があった。

そんなことを思いながらゴーレムを眺めていると、エライザが不敵な笑みを浮かべて口を開いた。

なんとなく、嫌な予感がした。

「……ゴーレムさん！　『飛んで』『下を向いて』……『右手を突き出す』！」

矢継ぎ早に決められた指令を告げるエライザ。すると、ゴーレムは即座に指示された内容を処理しようと動き出す。

ゴーレムが地面を蹴って真上に飛び上がり、上半身を折り曲げるようにして下を向く。

そして、地面へ落下しながら右手を突き出した。

直後、ゴーレムの岩のような右手が真っすぐに地面に突き刺さる。地面が揺れるような衝撃と共に腹に響く低音が鳴り響き、地面が直径五十センチほどのクレーター形に凹んだ。

ゴーレムの拳部分が丸みのない立方体だった為、地面に綺麗に刺さらずに衝撃が広がったのだろう。貫通力という意味では皆無だが、自重と重力、さらに腕を突き出すという動作が綺麗に組み合わさった破壊力は中々のものだ。

それが分かったのか、ゴーレムの力を見たエルフ達の何人かが息を呑んだ音が聞こえてくる。

「……『停止』」

エライザが最後の指令を出すと、ゴーレムは動きを止めた。一拍の間をあけて、エライザが口を開く。

「どうでしたでしょうか？」

その言葉に、すぐに返事を出来る者はいなかった。目を瞬かせるスパイア達を横目に、ストラスがホッとしたように口を開く。

「昔見た時よりゴーレムの動きが段違いに良くなったな」

「はい！　やはり、新しい構造にしたのが良かったんだと思います。全部、アオイさんの発案ですけど」

ストラスの感想に苦笑しつつそんな返事をするエライザ。

「いえ、エライザさんの努力の賜物ですよ」

そう言うと、エライザは笑いながら頷いた。

その様子を確認してから、スパイア達に向き直る。

「……さて、獣人のシェンリーさん。そしてドワーフのエライザさんが魔術を披露しましたので、次は私でしょうか」

微笑みを浮かべてそう告げると、スパイアの後ろでピーアとブレストがビクリと身を震わせた。

◇

「……もう結構ですよ」

疲れたような声で、スパイアが一言発した。その言葉の意味が分からず、その場にいる全員の視線がスパイアに向く。皆の視線を一身に集めながら、スパイアは仏頂面で私を見据えた。

「……既に、無詠唱の魔術、魔法陣、雷の魔術と見せてもらっていますからね。悔しいことに、そのどれもが今現在のエルフには使えないものばかりだ。それだけで、フィディック学院のレベルの高さが窺えるというもの。ハーフエルフだからと馬鹿にしてしまった息子の行為は愚かだったと認めようじゃありませんか。また、私としても獣人やドワーフを下に見ていたことを謝罪します」

はっきりと、スパイアが自分達の非を認める。それにピーアとブレストの方が驚いた顔をしていた。

「……ブレスト。謝罪しなさい」

スパイアがそう告げると、ピーアとブレストが悔しそうな表情で顔を上げる。

「ちょっと待ってください。それでも、エルフの方が優れた種族であるという事実は覆せません。絶対に父上の方がそこの女よりも魔術師として格上の筈です」

ブレストが反論すると、スパイアは溜め息を吐いて薄く目を開いた。

「……元老院以上の一握りの者だけが魔術師として格上だからといって、エルフの方が上位の種族だという理屈にはならない。もうエルフに再現できない魔術を見せられた後なのだから、それなりの敬意を払うべきだ」

スパイアが低い声でブレストの反論を真っ向から否定する。それに、ブレストは唇を噛んで口を噤んだ。

黙って口を開かなくなったブレストに、スパイアが視線を向ける。すると、子を責められまいとしたのか、ピーアが庇うように前に出てきた。

「……私はまだ納得できません。たまたま、我々が知らない分野の魔術を見たからといって、人間や獣人、ドワーフがエルフと同等の魔術師になれるとは思えません」

ピーアがそう発言すると、シーバス達ですら唖然とした顔になる。スパイアは疲れたような顔で深い溜め息を吐くと、ピーアに振り返った。

「……では、どうしろというのですか」

その質問に、ピーアは敵意を隠すこともなく私を指さして口を開く。

「この女の魔術を元老院の皆様に見ていただき、評価していただきましょう。もし、元老院の皆様でも認める腕前であれば、人間の中にも十分な力を持つ魔術師がいる、と……」

「そんな馬鹿な理由で元老院を集めることなどできません」

ピーアのセリフを最後まで聞くことなく、スパイアが拒絶の言葉を口にする。グッと怒りを堪えるような顔になってピーアが黙るのを一瞥し、スパイアはこちらに顔を向けた。

「……少々熱くなってしまったようです。申し訳ありません」

「いえ、仕方ないことかもしれません」

スパイアにはそう答えつつ、内心では困っていた。結局、当人達が納得しないことにはエルフが上位の種族であるという常識は変わらないのだ。

どうしたものかと考えていると、ふと妙案が閃いた。

「……分かりました。先ほどのピーアさんの言葉通りにしましょう」

そう口にすると、スパイアが眉根を寄せる。

「……え？」

スパイアが聞き返してきたので、改めてピーアの提案を口にする。

「元老院の皆さんの前で、私が魔術を披露します」

そう告げると、スパイアは細くしていた目を僅かに見開いた。そして、グレンが悲鳴のような声を上げる。

「い、いやいやいやいや！　なにもそこまでせんでも良いんじゃないかの？　さぁ、出来るだけ速やかに帰ろうじゃないか」

グレンがそう言うと、シェンリーとエライザも後に続く。

「そ、そうですよ！　あまり、騒ぎを大きくしない方が……」

「さすがにエルフの国の上位貴族を集めるのは大事件になると思います！」

ストラスを除く全員から否定されてしまった。

「でも、国の上位者に認めてもらうのが一番手っ取り早いと思うのですが……」

そう答えるが、三人は首を左右にぶんぶんと音が鳴るほど振っている。

「……どうやら、私の意見が間違っていたようです」

がっくりと肩を落として自らの過ちを認めると、シェンリー達から同意の気配がした。残念である。一番話が早いと思ったのだが……。

そんなことを思って気落ちしていると、スパイアがハイタッチでもするかのように片手を挙げて手のひらをこちらに見せた。

なんだろうと視線を向けると、スパイアは苦笑しつつ首を左右に振る。

「……偶然ですが、現在エルフの国では数十年に一度あるかないかという大きな行事があるのです」

「大きな行事？」

脈絡の無い台詞に思わず生返事をしつつ首を傾げた。それはかつてエルフの国に住んでいたグレンも知らないことのようで、私と同じような表情をしている。

エルフの国でいったいどんな行事があるというのか。

皆の視線がスパイアに集まる。その視線を受けて微笑み、スパイアは片手を自らの胸に当てた。

「その行事は本来は我々元老院の現役議員のみで行うことであり、その状況や過程は外部には話さないのが通例です。しかし、まるで機を狙っていたかのように王は外への情報制限を緩和し、元老院の関係者が身元を保証さえすれば見学も許可されています」

見学を許可。その言葉に、ますます意味が分からなくなる。

「……なにか、神聖なお祭りか何かでしょうか？」

聞き返すと、スパイアはふっと息を漏らすように笑った。

「まぁ、神聖なものであるのは間違いありません。なにせ、新たな王を決める為の会議ですからね」

◇

スパイアの言葉に、グレンが一番に驚きの声を上げた。

「……まさか、王が……？」

グレンが不安そうにそう呟くと、スパイアは表情を僅かに引き締めて首を左右に振る。

「いえ、もちろんまだまだ壮健でいらっしゃいます。しかし、王ももう高齢となってしまいました。後数十年以内には王座を譲る日が来てしまうでしょう。その為、陛下は後継者候補を集めて元老院の前で誰を次の王とするか、決めようとしておられます」

その説明に、グレンが成程と頷いて視線を下方に向ける。なにやら考え込むような素振りを見せた後、こちらをちらりと見た。

「……？　どうかしましたか？」

そう尋ねると、グレンは一瞬何かを言いかけたが、すぐに首を左右に振って目を伏せた。

「……いや、なんでもないぞい」

グレンの様子に、ストラス達も怪訝な表情を浮かべている。だが、スパイアは一瞥しただけでさして気にした様子も見せずに口を開いた。

「……それで、その新たな王を決める為の会議はおよそ一年から二年かけて行われます。その過程で判断材料の一つとして比較されるのが、魔術師としての力量です」

そう言って、スパイアは小さく一言呟いた。聞き取れなかったが、どうやらエルフの言葉で詠唱をしたらしい。

そして、自らの胸の前で手のひらを上に向け、小さな青い炎を生み出す。揺らめく炎はその小ささにもかかわらず、かなりの高温であると思われた。その炎はエルフにとって何かしらの意味があるのか、ブレストが驚いたような顔になっている。

皆の視線が集まっているのを自覚してか、スパイアは目を薄く開いて炎から視線を上げた。

「これは、エルフの火と呼ばれる魔術です。この国の全ての者が最初に覚える魔術でもあります。我々は森の奥深くに住み、森の恵みを受けて暮らしています。なので、最初に火の魔術の扱いを学び、樹木や草花を燃やしてしまわないようにしている、と言われていますね」

そう呟いてから、スパイアは炎をかき消した。

「このエルフの火は、魔術の理《ことわり》を知れば知るほど色が青白くなっていきます。そして、扱いが巧みになればなるほど火は小さくすることが出来るのです。私の火は青かったと思いますが、王の火は更に小さく、白い火です。つまり、エルフの国でも上位に位置する魔術師である私であっても、王の魔術の足元にも及ばないということです」

その言葉に、エルフの人々が深く頷いた。どうやら、エルフの王国に住む民にとってそれだけ国王の魔術の力は偉大なものなのだろう。

スパイアはこちらが理解したと判断したのか、真剣な目で順番に私達を見て再度話を続ける。

「だからこそ、次の王を決めるというのは慎重にならざるを得ません。なにせ、王は我が国の象徴。アクア・ヴィーテの太陽となる大切な存在です。そして、先日次代を担う王の候補者が全員王城に集まりましたが、国外に出ていた候補者が二人もいたので開始が遅くなってしまい、候補者達はまだ魔術についても誰も披露すらしておりません」

そう言うと、スパイアは肩を竦めて見せた。それに、グレンが難しい顔で唸る。

「……とはいえ、そんな場に我々が立ち入っても良いのかの？　それに、そこでアオイ君が魔術を披露して元老院に認めてもらうなど、出来そうもないと思うのじゃが……」

懸念していたことをグレンが代わりに質問してくれた。スパイアは僅かに逡巡するような素振りを見せると、やがて口を開いて答える。

「……まぁ、皆さんが望む形ではないと思いますが、元老院の議員や議員が推薦する者を交えて魔術についての意見交換を行う場があります。これは、魔術があまりにも多岐に渡ることと、ここ数十年で国外へ出るエルフが増えたことに起因します。単純に同じ魔術で比較することが出来ない為、あらゆる立場の者の知識や経験をもって魔術の評価を行いたいからです」

その台詞を聞き、ようやく話を理解することが出来た。

「なるほど。それは好都合ですね。それに、フィディック学院学長と教員。さらに、人間や獣人、ドワーフの見識も加わるのですから……これは、何かしらの縁があったとしか思えません。是非とも、我々もその場に参加させてください」

興奮気味にそう頼み込む。

なんということだろうか。エルフの王国の上級貴族相当の魔術師による魔術を学べたら有難いと思っていたのに、国王や王の候補者達の魔術まで見ることが出来そうだ。更に、技量の高い魔術師達と意見交換会まで出来るとは、考えうる最高の環境ではないだろうか。

そう思って皆を振り返ったのだが、ストラスやエライザの表情はまるで通夜のような雰囲気だった。

「……どうかしましたか？」

そう尋ねるが、二人は目から光を消し去って遠くを見るような目をする。

「……絶対に危険だ」

「……外交問題になりそうな気がします」

二人は何かぶつぶつと呟いていた。そして、グレンは冷や汗を流しながらこちらを見た。

「も、もちろん、争いの場ではないからの？　分かっておるな、アオイ君？」

「もちろんです。正々堂々と魔術の技術を競い合いたいと思います」

「分かっておらん気がするのう」

私が即答すると、グレンもストラス達と同じような表情で視線をどこか遠くの方へ向けてしまった。なにか気になることでもあるのか。

そんなことを思っていると、何故かシーバスが真剣な顔つきでこちらを見た。

「……王がいる場に、アオイが？　いや、大丈夫か。まさか、流石《さすが》に王や候補者達がいるならば無茶なことも……」

と、シーバスがぶつぶつと何か呟いている。シーバスの前でそんなに変な行動はしていないはずだが、何故こうも警戒されているのだろうか。

こちらからすると、ステイル家で巻き起こったことは全てステイル家が悪い。いや、確かに柔軟な対応とは言えないかもしれないが、全て正当防衛のはずである。

若干不安になった私はシェンリーを振り返り、フォローを求めて声を掛けた。

「……この国で私はそんなに変なことをしていないつもりですが」

「は、はい。そうですね……多分、そうだと思います」

優しいシェンリーは望んだ通りフォローをしてくれたのだが、自信無げなのが気になるところだった。

◇

結局、ブレストとピーアは完全には納得していない様子ながら、謝罪の言葉を再び口にした。とはいえ、どうにもエルフこそ上位の種族であるという自負が揺るがないからのようである為、王の候補者達が認めてくれるような魔術を披露することが出来たら意識も変わるかもしれない。

そう思って、その日は引き下がることにした。

「……無事に仕事を終えることが出来そうで安心したぞ」

シーバスからそんな台詞を聞かされて、私は静かに不服であるとアピールする。

「ただの話し合いで何故、無事かどうかの心配をされていたのでしょう？　おかしくありませんか？」

聞き返すが、シーバスは既にこちらから視線を外してグレンに向き直っていた。

「グレン殿。良かったら当初言っていた宿へご案内しよう。スパイア殿は明日の正午に王城に案内すると言っていたので、その前に迎えに来るとしよう」

シーバスがそう告げると、グレンは嬉しそうに目を細める。

「おお、それは助かるぞい。いや、こんなに親切にしてもらえるとは思わなんだ」

そう言って笑うグレンに、シーバスはそっとこちらを一瞥してからグレンに視線を戻す。

「……いや、こちらも仕事を全うする為にしていること……それでは、こちらへ」

と、シーバスは歯切れの悪い言い方で返事をして先導した。

遠目にも建物が白い石造りで綺麗だと感じていたが、通りを歩いていくとそれ以外の部分も綺麗に管理されていることに気が付く。建物に使われているものと同じ素材で出来た真っ白な石畳の道や塀。街路樹や垣根、野草の庭園といった自然豊かな風景もそうだが、なによりゴミ一つ落ちていない清潔な雰囲気も街の雰囲気を良くしているようだ。

とはいえ、その美しい景色の中にあっても何処か街は寂しく見えてしまう。

すれ違うエルフの人々から奇異の目で見られつつ、我々は警護隊に囲まれた状態のまま街の中を移動する。

「……最初に来た時にも思いましたが、街は広くゆとりのある造りをしているのに、住民が少なく感じますね」

小さな小川に掛けられたアーチ状の石橋を渡りながら、街の感想を口にした。すると、シーバスが立ち止まり、横顔をこちらに向ける。

「……こんなことを言ってしまえば不敬罪かもしれんが、我が王国アクア・ヴィーテは、少しずつ崩壊に向かっていると私は認識している。既に十年近く新しい子は誕生しておらず、人口は少しずつだが減少しているのだ。まだまだ先の話ではあるが、このままでは純粋なエルフがいなくなってしまうのではないかと、危惧している」

そう呟いて、シーバスは街の中を切なそうに眺めた。

「……やはり、シーバスさんもエルフという種族に強い自尊心を持っている、と」

そう言うと、シーバスは自嘲気味に笑う。

「どうだろうな……申し訳ない。余計なことを言ってしまった。先を急ごう」

シーバスはなにか含みのある言い方でそう告げると、再度歩き出した。

いったい、何を言いたかったのか。我々は顔を見合わせてから視線を戻し、後についていく。警護隊の面々も色々と感じることがあるのか、複雑な表情をしていた。

その様子に首を傾げつつ、街の中を更に奥に進んでようやく大きな二階建ての建物の前に辿りついた。

「着いたぞ。ここが宿代わりとして使用されている集会所だ。普段は集会所として利用しているだけに、常時従業員がいる宿屋のようなものではない。申し訳ないが、寝床の準備や片付け、自炊も行ってもらいたい」

シーバスがそう告げると、思わずエライザと顔を見合わせる。

「……料理、出来ますか？」

「……多少は」

そんな会話をしていると、ストラスが鼻から息を吐いて片手を挙げた。

「料理なら得意だ。俺が作ろう」

「え？」

「得意？」

予想外な発言を受け、シェンリーを含めて女性陣の目が一斉にストラスに向く。それに不服そうな顔をして、ストラスは腕を組んでそっぽを向く。

「……もう作らんぞ」

「あ、いやいやいやいや！　是非！　是非作ってもらいたいです！　ね？　アオイ先生!?」

拗ねてしまったストラスにエライザが慌ててご機嫌取りのような台詞を口にした。何故か私の名前が出たので、一応話に入ってみる。

「ストラスさん、料理が出来たんですか？」

「……それなりには作れる」

こちらを見ずにストラスが答えた。

「……ストラスさんの料理は気になりますね」

「はい！　私も食べてみたいです！」

シェンリーも混ぜようと振り返ると、すぐに同意の言葉が聞こえてきた。ダメ押しのようにエライザがストラスの前に移動して両手を振る。

「お願いします！　お恵みを！」

「……馬鹿にしているだろ」

「してませんってば！」

ようやく調子を取り戻してきたエライザがストラスにまとわりついてお願いを続ける。その様子が面白かったのか、シェンリーが笑って頷いていた。

ステイル家から出て肩の力が抜けたのか、皆の雰囲気が日常に近いものへと変化する。それを見ていたシーバスが呆れたような顔で口を開いた。

「……緊張感のないことだ。やはり、自分達の魔術に自信があるからか？　エルフの国だからなどではなく、普通は他所《よそ》の国の上級貴族と言い争いをして、そんなに笑いながら滞在などできないと思うのだがな」

と、シーバスは深読みして変な発言をした。それにグレンが苦笑して首を左右に振る。

「いやいや、わしとてこの国の中でそんな自信を持つことは出来んぞい。とはいえ、あまり緊張してばかりでもしんどいもんでのう。いや、そこのアオイ君は別かもしれんがな？」

不敵な笑みを浮かべて、グレンがそんなことを言った。それに首を左右に振って否定をしておく。

だが、何故か疑惑の視線がこちらに集まるのを感じた。

第四章　元老院

光を受けて、不規則に反射して輝くクリスタル。透明なクリスタルだが、反射された光は様々な色が混じり合い、幻想的な雰囲気を醸し出している。人の身の丈ほどもある大きなクリスタルが広間のいたる所に置いてあり、真っ白なはずの壁面や天井、床を美しく彩っていた。

エルフの国で最も大きな建造物である王城の中心にある広間だ。この広間の天井には一際巨大なクリスタルが吊るされており、自ら光を放つように明るくなっていた。

広間の中心には大きな円状の白い石のテーブルが置かれ、周囲を取り囲むように十人のエルフが椅子に座っている。皆が揃えたように白いローブを着ており、歳の頃も見た目では同じようである。

静かな広間の中で、一番奥のエルフが口を開く。

「……それでは、本日の議会を開催する。議題は先日と同様に次期国王についてだが、今回は少し趣が違う」

二十代後半ほどの見た目にそぐわない低い声でエルフがそう告げると、周りのエルフが興味を持ったように顔を上げた。

「ほう?」

「まぁ、ようやく候補者が出揃ったからな」

「いや、もしかしたら、新たな候補者が発見された、という話かもしれんぞ」

エルフ達は口々に会議の内容を気にした発言をする。それもそうだろう。古い慣習から七日に一度を除いて毎日顔を突き合わせて話し合いを続けているのだ。それも候補者が揃ってなかった間は延々と国王の素養、在り方、各能力や知識の水準や血筋といった前提条件について話し合うばかりだったからだ。

　そんな会議ばかりだと、段々とうんざりしてくるというものだろう。故に、会議が前進する材料を皆が渇望していたのだ。

　興味深く言葉を待つ仲間達を見回して、一番奥に座るエルフが口を開いた。

「……元々、候補者達の魔術や魔術にまつわる知識を比べ、評価する予定だった。その為に行った会議では、エルフ古来の魔術はもとより他国の魔術であっても評価の対象とすると決め、項目として火、水、風、土を主とすると定めた」

　そんなことを言われて、エルフ達は怪訝そうに眉根を寄せて首を傾げる。

「……その通りだが、それがどうしたというのだ」

「それに関しては満場一致で可決となった筈だが……」

　口々に疑問の声が上がる。

　それらをゆっくりと吟味するように聞いた後、最奥に座るエルフは反対側に座るエルフを見た。

「……スパイアよ。君が見て感じたことを他の議員達にも聞かせてもらいたい」

　そう言われて、スパイアが顔を上げる。それを合図にしたようにテーブルを囲むエルフ達の目がスパイアへと向いた。

　スパイアは浅く息を吸って口を開く。

「先達の皆さまには及びませんが、私はそれなりに魔術が使える方だと思っております。恐れながら、得意な魔術であればこの元老院の中にあっても優れていると自負しているほどです……しかし、その自信が大きく揺らぐことがありました」

スパイアがそう告げると、エルフ達の目に興味の色が浮かび上がる。

「ほう？　かのステイル家の当主がか」

「スパイア殿は十分優れた魔術師ではあるが、まだ若い。それを考慮すれば仕方のないことかもしれんな」

「いや、待て。そもそも何を見て自信が損なわれたのかが重要だ。スパイア殿。まさか、新たな候補者が現れたか？」

魔術に関することだからなのか。広間の熱気が明らかに上昇した。その様子に苦笑しつつ、スパイアは肩を竦める。

「……新たな候補者であったならどれだけ良かったことでしょう。私は、誤解を恐れずに言うならば、エルフ至上主義者です。魔術を扱うという一点だけに限っては、はっきり言って他の種族など相手にならないほどエルフは優れているという意識を持っていました」

スパイアがそう口にすると、何人かのエルフが大きく頷いた。一方、眉根を寄せるエルフも少数ながらいるようであった。

その内の一人が、慎重に口を開く。

「……持っていた、という言い方をするということは、今は違うのか？」

そんな質問を受け、スパイアは細い目を更に細めて深く息を吐く。

「……そうですね。これまではエルフの魔術が最も優れていると盲信していたので、他国の魔術など興味すらありませんでした。しかし、今回のことで他国の魔術に興味が出てきたのは確かです。魔術師として優れているのか、それとも他国で研究される魔術が優れているのか……どちらにせよ、私にとってはこれまでの常識を打ち崩すほどの衝撃でした」

スパイアが感慨深そうにそう呟くと、何人かのエルフはせっかちそうに上半身をテーブルに乗り出し、焦れた表情で口を開く。

「分かったから、早く何があったか言いたまえ。そんな恐ろしい魔術を見たのか？」

「もったいぶるな」

そんな言葉に、スパイアは苦笑した後、頷いてみせた。

「もったいぶっているわけではありません。しかし、どういう状況でどういう事が起こり、どのように感じたのかを伝えよと言われておりますので」

スパイアはそう前置きすると、皆の顔を一度ゆっくりと眺めながら、口を開いた。

「……皆さまは、ドワーフや獣人の魔術師についてどう思われますか？」

スパイアがそう問いかけると、何人かが顔を見合わせた。

「どう、と言われてもな」

「ドワーフは火の魔術ばかりであり、技術的にも他の種族よりも劣る。獣人は妙な魔術の偏りはないものの、高位の魔術を学ぼうとせず、初歩的な魔術ばかりを多用する……そんなところだろうか」

エルフの一人がそう告げると、スパイアは苦笑して頷く。

「そうですね。私もそう思っていました。いえ、もっと否定的な見方をしていたと思います。それも全て、外の世界を知らない故ではないかと思います」

「……外の世界？」

一人のエルフが聞いた言葉を反芻するようにして聞き返した。スパイアはその言葉に強く頷き、答える。

「そうです。我々はエルフの魔術こそが世界で最も優れていると信じ、他国の魔術を研究する機会を逸してしまいました……皆さんは、獣人の少女がどのような魔術を行使したと思いますか？」

「……身体強化の魔術ではないか？　ブッシュミルズ皇国にもそのような魔術師がいると聞いている。それこそ、何十、何百という敵を相手にすることも出来るほど強靱である、と」

スパイアの言葉に誰かが答え、それに何人かが頷いて同意する。それにスパイアはあえて反論せずに同意してみせた。

「そうですね。私もそう思っていました。しかし、実際は違ったのです。驚くべきことに、その獣人の少女はエルフでも失われてしまったといわれる古代の魔術、雷の魔術を使ってみせたのです」

スパイアがそう告げた瞬間、驚きの声が多く上がった。

「な、なんだと!?」

「そんな馬鹿な……」

「雷の魔術なぞ、千年近く扱える者がいないというのに……」

驚愕する面々を横目に見て、スパイアは更に驚くべき事実を述べる。

「……その獣人の少女は、僅か十四歳だと言います。それも、メイプルリーフ聖皇国の出身だそうです」

「冗談ではないのか」

「まさか、雷の魔術も使えるというのに、癒しの魔術も聖女クラスだなどと言うつもりではないだろうな？」

あちこちから驚きと疑いの声が上がった。それにスパイアは肩を竦めて身振りで否定してみせる。

「勿論、そのようなことを言うつもりはありません。しかし、恐るべきことではありませんか？我々が知らぬ内に、エルフの国では失われた雷の魔術を使う者が現れ、更には国家秘匿の技術ではなく、魔術学院で生徒が教わっているのです」

スパイアがそう告げると、唸るような声が重なるように幾つも響く。スパイアの言っていることが分かったのだろう。

「……まさか、我々よりも他国の方が魔術の研究が進んでいる、と言いたいのか？」

「そんな馬鹿なことがあるか。ほんの百数十年前に他国を旅した者が大きく遅れているという評価をしているぞ」

「確かに、それは良く覚えている」

ざわざわと否定的な言葉が聞こえてくる中、最奥に座るエルフが片手を左右に振ってから口を開いた。

「……落ち着け、皆の者。新たな魔術というものは常に開発されている。単純に、今回開発されたのがエルフの国では失われた魔術だっただけかもしれないだろう」

そんな言葉に、幾分広間のざわめきが収まった。その様子を確認してから、再度そのエルフは口を開く。

「……とはいえ、無視できる内容ではない。一度、各国の魔術の研究状況を調査した方が良いかと思うが、どうだろうか」

問いかけるようにそう言われて、円卓を囲むエルフ達も顔を見合わせて口を開く。

「確かメイプルリーフ聖皇国の癒しの魔術を調査しにいったのが最後だったか？」

「うむ。ラムゼイ侯爵の噂を行商人から聞いた際は議題に上ったが、結果調査するほどではないという結論に至ったな。身体能力の強化などは、元々が身体的に優れている獣人だからこそ高い効果を得られる。我らには不要という話になったはずだ」

そんな会話をしながら、エルフ達は外の世界へ興味を持ち始める。それを観察するように眺めてから、スパイアが顔を上げて口を開いた。

「……丁度良いことに、先ほど話した少女達を呼んでおります。もし良ければ、話を聞いてみませんか？」

スパイアがそう告げると、何人かが訝しげに眉根を寄せた。

「……少女達？」

「この場に連れてきたのか？　ここは元老院だぞ」

「それも次期国王を決める場であるというのに……」

批判する声が聞こえてくる。それにスパイアは真剣な顔でその場にいるエルフ達を順番に見た。

「……だからこそだと、私は思っております。次期国王を決める場に相応しくないとするならば、まずはこの場にいる者達だけで他国の魔術を評価してみませんか？　重要な会議ではなく、単純に他国ではどのような魔術が研究されているのか、話を聞くだけでも良いと思うのですが」

「……なるほど」

今度は、スパイアの言葉に反対する意見などは出なかった。空気が僅かに緩むのを感じて、スパイアが笑みを浮かべた。

「恐らく、皆さんも驚くと思いますよ。先ほども言いましたが、エルフが最も優れていると信じていた私がこんなことを言いだしているのですからね」

そう口にしてから、スパイアは視線を横に向けた。

「どうぞ」

誰もいない扉に向けて、スパイアがそう声をかけると、扉が外側から開かれた。真っ白い壁に同化するような美しい銀色の扉がゆっくりと開かれていき、奥から黒い髪の女が姿を見せた。

小柄だが、美しい女だった。髪の間から見える耳は短く、その女がエルフではないと知れた。他国でいうところの上級貴族が集まる議会のような場だ。通常であれば、萎縮してしまう者が殆どだろう。だが、その女はまるで獲物を見つけた猛獣のように目を輝かせて広間へと入って来た。

そして、その後にエルフにしては歳をとり過ぎている老人と、若い人間らしき男。更にドワーフと獣人の少女が二人、姿を現した。ただ、堂々と入場してきたのは最初の若い女一人であり、残りの四人は所在なげな態度で静かに歩いて来る。

まるでわざと集めたような組み合わせである。これには長い年月を生きてきた元老院のエルフ達も驚いたように眉根を寄せた。

「……あの獣人の少女が、雷の魔術を？」

「違うんじゃないか？　自信に溢れた顔をしている前の女だろう。特徴は少ないが、恐らくあれも獣人に違いない」

「そう言われたら、確かに目が鋭過ぎる気がするな」

アオイ達の登場に、皆がそんな感想を口にしたのだった。

◇

美しい光景だった。白亜を思わせる真っ白な城。そして、光はクリスタルを通過して室内を照らしている。クリスタルのプリズムが七色に室内を彩っているのが幻想的だ。

そして、天井の高い広間の中心には大きな丸いテーブルがあった。壁などと同じ素材の石が使われているようだ。そのテーブルの周囲には十人のエルフの姿もある。それぞれが白いローブを着ており、物語に出てくる賢者のような印象を与えた。

右側にはスパイアの姿もある。恐らく、エルフの王国で最も優れた魔術師達であろう元老院のエルフ達を順番に眺めて、私は静かに口を開いた。

「……ヴァーテッド王国のフィディック学院より参りました。教員のアオイ・コーノミナトと申します。本日は、王国最高峰と名高い皆さまと魔術を競い合う場を用意していただき、感謝の念に堪えません」

一礼してそんな挨拶をすると、後ろからグレンがにゅっと顔を出してきた。

「あ、アオイ君。魔術を競い合う場というのはアオイ君の希望じゃろ？　わしはそんな話聞いておらんぞい」

グレンが必死な様子でそんなことを口にする。それに首を傾げつつ、スパイアを見た。

「確かに、そうは言っていませんでしたが、やることは同じでしょう？　私は必ずエルフの王国最高の魔術を見させていただくつもりです」

「Ｏｈ……」

質問に答えると、グレンは顔を手で覆って後ろへ下がった。視線を戻すと、スパイアの真正面に座るエルフが口を開く。

「……アオイ、か。君は人間の魔術師か？」

「そうです」

答えると、エルフ達が何故か少しざわついた。

「獣人じゃないのか？」

「では、やはり一番後ろの少女が……」

「獣人かと思っていたが、違ったか」

と、そんな不思議な会話がテーブルの方で囁かれる。どこか、私の体に獣人らしき特徴があるのだろうか。それとも、エルフから見れば人間も獣人も違いなど些細なものなのか。

首を傾げていると、先ほどのエルフが再びこちらを見て口を開いた。

「……それで、他の者達は？　どうやら、ハーフエルフらしき者もいるようだが」

その言葉に、グレンが動揺した姿を見せる。しかし、一、二度呼吸をするとすぐに持ち直すことが出来た。どうやら深呼吸をして精神を安定させたようだ。

グレンはいつになく真面目な顔でエルフ達を真っすぐに見据え、口を開いた。

「……わしはグレン・モルト。かつてこの王国に住んでおった、ハーフエルフじゃよ。今はヴァーテッド王国の侯爵位を賜っており、フィディック学院の学長に就かせてもらっておる」

グレンが自己紹介をすると、何人かのエルフが興味深そうに顔を上げた。

「ほう？」

「ああ、最近噂に聞いたハーフエルフか」

「確か、世界屈指の魔術師であるとか……」

僅かに嘲笑の混じった言い方だった。グレンを知る者は、皆がエルフ至上主義者なのだろうか。それとも、これがエルフの国のハーフエルフへの扱いなのだろうか。

もやもやするものを胸の内に感じながら、私はストラス達を見た。すると、ストラスが胸を張って一歩前に出て、口を開く。

「……ストラス・クライド。同じくフィディック学院の教員をしています」

ストラスが硬い声で名乗ると、慌てた様子でエライザが続いた。

「わ、私はエライザ・ウッドフォードと申します！　グランサンズ王国出身で今はフィディック学院の一般教員をしております！」

名乗り終わると、エルフ達が少し反応を示す。

「教員？」

「少女にしか見えんが、ドワーフだからな」

「ドワーフが教員になれるなら、フィディック学院とやらもそれほどではないのか？」

明らかにドワーフを侮ったような発言が聞こえてくる。小さな声だが、それは確かにエライザにも届いたはずだ。

エライザは少し悔しそうな顔をして、シェンリーを見た。シェンリーは不安そうな表情のまま、口を開いた。

「……シエ、シェンリー・ルー・ローゼンスティール、です。フィディック学院の生徒で、メイプルリーフ聖皇国出身です。きょ、今日はよろしくお願いします」

怯えたような態度でそう自己紹介をすると、エルフ達が先ほどまでとは違う緊張感に包まれた。

「……本当に学生か。それに獣人なのも間違いない」

「いや、しかし、それで雷の魔術を使うことができるなど……」

「見た目にそぐわず恐るべき才の持ち主かもしれんぞ」

エライザの時とは違い、明らかにシェンリーを警戒している。話の内容から、恐らくスパイアが事前にエルフ達にシェンリーの情報を伝えていたのだと察することが出来た。

その反応を眺めて、スパイアが立ち上がる。

「さて、それでは改めてこちらも自己紹介をさせていただきましょう。私は、もうしなくて良いですね。まずは、あちらが現在の元老院の長、エドラ・ダワー議員。国王に次ぐ魔術師とも評されている。次に右隣の方が……」

そう言って、スパイアは順番に元老院のメンバーを紹介していった。多少の時間はかかったが、すぐに全員の紹介も終わり、最初に紹介されたエドラ・ダワーという名のエルフが口を開く。

「……本来、この場にはエルフ以外の者が立ち入ることは無い。その事実をきちんと理解して、あまり乱暴な態度や言動は控えるようにしてくれ」

と、開口一番に釘を刺すようなことを言ってくるエドラ。しかし、そんなことで萎縮している場合ではない。

私は微笑みを浮かべて頷いた。

「はい、勿論です。私はただ、エルフの魔術を見ることが出来たら満足ですから」

そう告げると、後ろに立つストラスから文句が出た。

「……エルフが他種族を見下さないようにするんじゃなかったのか」

私にだけ聞こえるような小さな声でそう言われて、思わず「う」と声を発してしまう。すっかり忘れていた。エルフの魔術を楽しみにし過ぎてしまったようだ。

「そうですね……ちょっと、冷静になります」

そう答えると、それに相槌でも打つようにスパイアが乾いた笑い声を上げた。

「は、ははは……それでは、まずは君達から魔術を披露してもらいましょうか。この王国屈指の魔術師達が評価に値すると認めたら、我々も魔術を見せると約束します」

スパイアがそう言うと、グレンが顎髭を撫でながら唸る。

「うぅむ……目の肥えたエルフの魔術師が納得するような魔術、とはのう」

グレンがそう呟くのを聞いて、無意識に口の端を上げて頷いた。

「なんとしても納得してもらいます」

グレンにそう答えてから、一歩前に出る。

「それでは、私から魔術を披露しましょう」

やる気満々でそう宣言するが、すぐにエドラが首を左右に振った。

「いや、申し訳ないが、まずはそこの少女の雷の魔術を見せてはくれんか」

そう言われて、思わずその場でこけそうになる。勢いよく名乗り出たのに、肩透かしを食らってしまった。

振り向くと、シェンリーは意を決したような顔で頷いている。

「……私、頑張ります！」

「そうですか……」

気合十分な様子のシェンリーを見て、渋々引き下がる。いや、エルフが興味を持つ魔術から順番に見せて、相手に協力的な姿勢になってもらう方が良いのかもしれない。

そう思い直して、一歩後ろに引き下がる。代わりにシェンリーが前に出ていき、肩を上下させた。

かなり緊張しているようだが、大丈夫だろうか。

「……いきます」

私の心配をよそに、シェンリーは小さく呟いて魔術の詠唱を始めた。もう何度も行ってきた魔術だが、上がり症のシェンリーはこういった場では緊張して失敗しがちだ。

前回も、放っておけば暴走してしまった可能性が高い。

「……シェンリーさん。今回はあまり大きくしなくて良いですから、肩の力を抜いてください」

釘を刺すわけではないが、あまり無理しないように声を掛けてみる。すると、シェンリーは詠唱しながら小さく頷いた。

こちらの声が聞こえているというのは良い傾向だ。魔術の詠唱には集中力が必要だが、気負い過ぎては良い結果に繋がらない。剣道などもそうだが、相手の竹刀の動きに意識を傾け過ぎると反射が鈍ってしまう。集中力は大切だが、周りが見えないほどの集中はかえって邪魔になるというものだ。

少し安心してシェンリーの魔術を見守っていると、やがてシェンリーの前に小さな雷雲が発生し、それが徐々に大きくなっていくのが見えた。

そして、破裂音に似た音を立てて放電が始まる。

「む……」

「確かに、雷の力だ」

「……制御できているのか？」

エルフ達は揃ってこちらに向き直り、目を凝らして放電現象を観察した。

「水、風、土……雷は熱を持っているというのに、火のエレメントは存在しないのか？」

「何故だ？　水、風、火ではないのか」

「それよりも、圧倒的に風の力が強い。あの組み合わせと力の配分が重要なのではないか」

エルフ達は、こちらの存在など頭から消し去ったかのように魔術談義を始めている。一方、シェンリーは順調に雷の魔術を成功させ、更に維持の段階に入っていた。

「……その魔術は、どのように使うことが出来るのだ？」

「あのまま大きくしたら、無差別に周囲に雷を降らすことになるのではないか？」

「いや、指向性を持たせることが出来るのかもしれんぞ」

エルフ達の質問にシェンリーは答えるほどの余裕はない。雷の魔術は解放しない限りは徐々に小さくするしかないのだ。つまり、一気に放電させるか、避雷針で地面に雷を流すという手段以外では、ゆっくり小さくして力の奔流を弱めていくという方法しかない。

それはかなりの集中力を要する。シェンリーの余裕がない状態なのも無理はないだろう。

仕方が無いので、代わりに答えることにした。

「今は室内ですので、雷の魔術は大きくし過ぎないようにしています。また、指向性を持たせて解放することも可能ですが、かなり危険なのでそれも控えさせていただきます」

そう答えると、エルフ達は険しい顔で頷いた。

「なるほど……」

「嘘ではないだろうな」

「しかし、指向性を持たせて解放する、といった場面を見たいぞ」

エルフ達はまたこちらの存在を忘れたように議論を始める。その姿は上級貴族相当の議員というより魔術の研究者のようであった。

特に、すぐに周りが見えなくなってしまうところがオーウェンに似ていると思い、懐かしい気持ちになる。

そうこうしている内に、シェンリーの雷の魔術は小さくなっていき、消滅した。順調に魔術を終了させることが出来た。ホッと胸を撫で下ろしているシェンリーの背中に手を添えて、頷く。

「とても上手に出来ていましたよ」

「は、はい」

シェンリーは嬉しそうに返事をした。

「……よし。それでは、そこに向かって雷の魔術を使用してみてくれないか？」

と、話がまとまったのか、代表してエドラがそんな要請をしてきた。すると、壁に近い席に座っていたエルフ二人が立ち上がり、エドラが指し示した方向の壁に向かう。

二人が壁に手を触れると、何もないかのように見えていた壁が白い石の扉であると知れた。軽い音を立てて扉は開かれ、まるで切り取られたように青い空が出現する。

山の麓から山を登るように国が築かれている為、城を登るとそれなりの高度になるのかもしれない。

　そんなことを思いながら、私は空の方向を指差してエドラを見た。

「あちらに向かって魔術を行使すれば良いのですか？　もし、飛翔魔術を使う人がいたら危険かもしれませんよ」

　そう告げると、エドラは顎を引いた。

「国の領土内でこの高度まで飛翔魔術を使う者はいない。軽はずみに空を飛んでいれば、稀に竜が姿を見せることもあるのだ」

　と、エドラが口にする。説明になっていない気がしたが、竜が現れるから飛翔魔術を使わないというエルフの常識があるのだろう。もしかしたら、エルフは竜を神聖なものとして争わないようにしているのかもしれない。

　オーウェンと私は多くの竜を倒して素材を集めたりしたが、オーウェンが常識外れな可能性は高いと思われる。

「分かりました。それでは、雷の魔術を使用します」

　そう言ってから開かれた扉の方へ移動すると、円卓を囲んでいたエルフ達も立ち上がり、こちらに集まってくる。もし雷の魔術に触れようとしたら止めようなどと考えつつ、魔力を集中させて片手を挙げる。

「……まずは、雷玉《エレクトリックボール》」

そう呟き、先ほどシェンリーが作り出した雷の球と同等のものを作成する。一瞬で雷雲を圧縮したような黒い球が現れて放電を始めたのを見て、エルフの何人かが息を呑む音が聞こえた。

「む、無詠唱だと……？」

「馬鹿な、古代の魔術具ではないのか」

「道具を使ったようには見えなかったが……」

そんな声を聞きながら、更に魔力を加える。放電の方向を定めるには電気の流れる道を作らねばならない。つまり、電車でいうところのレールを用意すれば良いのである。

その準備として、雷雲を成長させつつ放電させたい方向に通電物質を多く含んだ水を用意し、周囲を真空状態とする。少々難易度の高い魔力操作だが、瞬間的な為無理なことではない。

「……雷撃砲《エレクトリックカノン》」

魔術を行使した瞬間、溜めていた雷雲内の多量の静電気が電気の通り道へと一気に流れる。あまりにも激しい電流が一点へと集中し、視界を白に染めるほどの光を放った。

直後、轟音と共に空を白い光が切り裂く。閃光は瞬く間に空を数キロ駆け抜けて、幻のように消え去る。

「……と、このような感じですが」

静かになったので、そう呟いて振り返った。

だが、誰もが雷が迸《ほとばし》った後の空を見つめたまま動かない。雷鳴は熱による大気の膨張が起こす衝撃波が原因の為、放電先に作っておいた真空の壁のお陰でかなり音は抑えられている。

それでも十分な轟音だが、一時的に私の声が聞こえないほどではないと思う。

「……どうでしたか？」

改めて、もう一度尋ねてみると、ようやくエルフ達の目がこちらに向いた。

「……アオイ、といったか。君もハーフエルフだったのか？」

「いえ、普通の人間ですが、何故でしょう？」

エドラの質問の意味が分からずに聞き返す。すると、エドラは一瞬周りのエルフの顔を見た後、眉根を寄せて振り返った。

「……この国、アクア・ヴィーテは長い歴史を持つ。恐らく、我が国よりも長い歴史を持つ国はないだろう。その長い歴史を振り返れば、長い期間を経て失われてしまった太古の魔術なども見えてくる。建国の王であるハイ・エルフが使えたという強大な魔術や、古代のエルフの王国を支えた賢者固有の魔術……そんな多くの魔術が、今や幻のものとなってしまったのだ」

そう前置きして、エドラは睨むように私の目を見る。

「……その中の一つに、雷撃の魔術である神雷という魔術があった。エルフの国最初の王である、スコット・フォレス・エドレッドの得意とする魔術だ」

エドラがそう口にすると、皆の視線が私に向いた。

第五章 ― エルフの失われた魔術

エルフの魔術が古代魔術と呼ばれる理由の一つに、エルフ独自の言語による複雑な魔術の数々がある。古くから形を変えないエルフの言語。他国で研究されている魔術は、せいぜい千年前程度に人間の魔術師がどの種族でも扱えるように簡易的に作りあげたものに過ぎないのだ。

エルフ達から見れば、エルフ独自の言語を理解できず、古代から伝わる最も優れた魔術を習得出来なかった愚か者達である。そんな人間や他の種族達が必死に研究したところで、エルフの古代魔術と同等のものになるかは疑問が残る。

それが、エルフの魔術師にとっての他国の魔術への評価だった。

「……三百年ほど前だったか。人間の国の一つに史上最高の魔術師と呼ばれた男が現れた。その魔術は世界を変えるとまで言われ、大国の動向にまで影響を与えた。それを聞いて、我がエルフの王国は何度目かの他国の調査へと赴いた。だが、その時に見たのはせいぜいが元老院の議員と同等の魔術師であり、エルフの魔術と比べても新しい発見すらなかった」

エドラはそう呟くと、グレンに視線を向ける。

「悪いが、ハーフエルフの魔術師であってもその男を超える魔術師はこれまで現れなかった。そういった過去もあり、エルフにとって魔道の深淵に辿りつく可能性があるのは純粋なエルフだけだという結論を出したのだ。それからは時折各国の調査をしてはいたが、基本的にはエルフの王国で失われてしまった魔術を何処かの国で再現出来ていないかの確認でしかない」

エドラの言葉に、グレンは難しい表情で唸った。

「……失われた古代魔術、か。わしは幼い頃にこの国を出てしまった為、エルフの魔術に対しての知識が足りなくてのう。アオイ君の雷の魔術が失われた魔術の再現であることは理解したのじゃが、他にはどんな魔術が失われてしまったんじゃろうか？」

グレンがそう尋ねると、他のエルフが鼻を鳴らして振り返る。

「魔術学院の学長を名乗るなら、それくらいは勉強しておかねばなるまい」

「いくらハーフエルフといえど、な」

同調するように別のエルフが頷いた。それにグレンは苦笑しつつ返事をする。

「そうじゃな……自分でも分かっておるが、わしはどれもこれも中途半端でのう。ハーフエルフではあるが、エルフの魔術は使うことができず、かといって人間の魔術でも何かで一番になる、ということが出来なかったんじゃ。そういったこともあり、わしはこの国に戻ることが出来なかったんじゃよ。もう少し自分に自信を持てたなら、この国に来て改めてエルフの魔術を学ぶ道もあったのじゃろうが……」

そう答えたグレンをエルフ達が下らないものを見るような目で見たが、私は首を左右に振って口を開く。

「そもそも、この国のハーフエルフに対する差別意識が問題だと思います。それが無ければグレン学長はこの国を出ることも無かったかもしれません。それこそ、この元老院の一人になっていてもおかしくは……」

フォローするようにそう言うと、何人かのエルフが声を出して笑った。

「馬鹿な。これまで、ハーフエルフが元老院に入ったことは無い。それは血筋などではなく、魔術師としての才能に恵まれなかった故のことだ」

そんな言葉に、思わず目を鋭くしてしまう。

「グレン学長は十二分に優れた魔術師だと思っています。どちらが優れているなどということを競う気はありませんが、元老院の皆さま方と比べても引けをとらない腕でしょう」

少し声のトーンを落としてそう告げると、エドラが眉間に皺を寄せてこちらを見た。しかし、実際にエルフ達では再現出来なかった魔術を行使したと認められたのか、特に反論してくることはなかった。他のエルフ達も顔を見合わせて囁き合うような者はいたが、直接文句を言ってくる者は見当たらない。

僅かな沈黙を受けて、私はエドラを見据えて口を開く。

「……それでは、先ほどのグレン学長の質問にお答えください。失われたと言われる魔術には、他にどのようなものがあるのでしょうか」

そう告げると、エドラは観念したように深く息を吐き、答えた。

「……ミスリルをも溶かす炎の閃光、巨大な船を空に浮かせる飛翔の魔術。急流の川をも凍らせてしまう氷の魔術。さらには一瞬でゴーレムを作り上げる土の魔術や、見えない光の壁といった魔術か。後は、遥か遠くの者と会話をする魔術や、見えるはずの無い距離にある景色を見る魔術などもあるようだな」

　エドラが失われた魔術を一つずつ簡単に説明していく。それらを聞いていく内に、既視感を覚えるものがあった。

「……グレン学長？　ソラレ君がオリジナル魔術で遠くの物を見る魔術を……」

「ふむ……聞く限り似たような魔術じゃったな。たしか、神の片目《プロヴィデンス》という名の魔術じゃよ」

　二人でそんなやり取りをしていると、スパイアが驚いたように口を開いた。

「まさか、学院の生徒が、ですか？　そんな馬鹿な……」

　その言葉に同調するように他のエルフも頷く。

「エルフの王国で優秀な魔術師達が千年にわたって研究してきたというのに、学生ごときに開発出来るような魔術ではない」

「そうだな。恐らく、遠くの物を近くにあるように見ることが出来る望遠の魔術だろう」

　と、余程信じられないのか、エルフ達は口々にそんなことを呟いた。しかし、ソラレの研究成果は確かなものだった。

　そう思って、ソラレの開発した魔術について説明をする。

「ソラレ君の作った魔術は、窓もない室内から遠い場所の景色を自分の目で見るように見ることが出来る、というものです。それこそ、先ほど言っていた失われた古代魔術に通じるものでしょう」

　そう告げると、エルフ達は渋い顔をしてこちらを見る。

「……その魔術というのは、この場にいる誰かで使える者はいるのか？」

エドラにそう言われてグレンを見るが、グレンは困ったように眉をハの字にして首を左右に振った。まぁ、ソラレ独自の研究の為、他の人は使えないだろう。

仕方ないので、自分のオリジナル魔術で代用することにした。

「同じ魔術は使えませんが、その魔術を使う場面は見せることができます。そちらのテーブルの上に映しますね」

そう言ってから、私は魔術を使う。

「記憶上映《メモリースライド》」

魔力を集中させて、記憶にある映像を再現すべく火と水の魔術を行使した。扉の外から差し込む光を使い、テーブルの上に出来た水の板に映像が映し出される。そこには魔術を使って疑似的な眼を作り出すソラレの姿があった。

「この少年がソラレ君です。ソラレ君の前に眼球が浮いているように見えると思いますが、この視界を共有するような形で遠くの景色を見ることが……」

映像の説明をしていると、エルフ達がわらわらと丸いテーブルの周りに群がった。目を見開いてテーブル上に浮かぶスクリーンを観察するエルフ達。食い入るように見ているエルフ達を横目に、スパイアが疲れたような表情でこちらを見た。

「……この魔術も、失われた魔術と同等の驚異的なものに見えますが、一応聞いておきます。この魔術は、何ですか？」

「これは、水と火の初級魔術を合わせたオリジナル魔術です。どうしても私の視点からしか映像を転写出来ないのですが、いずれは別の視点や他の人の見た景色も映せるようにしたいと思っています」

質問にそう答えると、グレンが遠い目をして何度か頷いた。

「……以前、同じやりとりをした記憶があるぞい。やはり、エルフの国でも驚くものじゃな」

そんなグレンの呟きに「なるほど」と頷きつつ、魔術を終了させた。突然スクリーンが消え去り、テーブルに噛《かじ》り付くようにして見ていたエルフの一人が頭から転倒してしまう。

「大丈夫ですか？　お怪我をしてしまったなら、治療しますが」

「い、癒しの魔術も使えるのか……」

そんなやり取りをした後、エルフ達は何故か一塊に集まって何かしらの議論を始めた。そして、改めてテーブルの方へ移動する。

「……雷の魔術、そして今の記憶を映し出す魔術。どちらも信じられないものだった。そのことに敬意を表して、我が王国での貴人への対応をさせてもらう」

エドラはテーブルの前に立ち、そう言った。対して言葉遣いなども変化が無いような気がしたが、もうエルフじゃないからと差別はしないということだろうか。

そう思って頷くと、エドラが周りのエルフに声を掛けた。

「候補者達を呼んできなさい。彼らには同席してもらう」

エドラの言葉に、二人のエルフが頷いて広間から出て行く。

「候補者達を呼ぶということは、候補者の方々の魔術を見ることも出来るのでしょうか」

そう尋ねると、首肯が返って来る。

「うむ、その通りだ。候補者達の魔術を見て、評価をしてもらいたい」

「おお、本当に良いのかの」

エドラの言葉を聞き、グレンが驚いた。それだけ特別なことなのか。いや、エルフ以外が立ち会うという状況が特別に違いない。

それならば、きちんと役目を全うしなくてはならないだろう。そうすることで、エルフの国の次の王になるかもしれない人物達に、エルフ以外の種族も馬鹿に出来ないと知らしめることが出来るはずだ。

そんなことを思っていると、他のエルフ達が自分達の座るものと同じ椅子を運んできてくれた。急に同等の扱いになって驚いていると、グレンが嬉しそうに腰を下ろした。

「おお、助かるぞい。やはり長時間立っているのは辛かったからのう」

グレンが率先して座ると、ストラス達も順番に座っていく。最後に私とシェンリーが座ると、エドラ達もそれぞれの席に腰を下ろした。

そこへ、扉を開けて先ほどの二人のエルフが帰って来る。後ろには何人か他のエルフ達を引き連れて来ていた。どうやら、そのエルフ達が次期国王候補の人達らしい。人数は四名だ。

先頭は背の高い男のエルフ。次が髪の長い女のエルフと、明らかに子供の姿のエルフ。そして、何処かで見たことがある目つきの鋭いエルフだ。

「……オーウェン？」

思わず名前を呼んでしまった。

すると、目つきの鋭いエルフが顔を上げて周りを見回し、私を発見して片手を挙げる。

「む？　アオイか？　久しぶりだな」

親戚の集まりで遠方の叔父に会ったかのような反応が返ってきた。

「……久しぶりって、そんな軽い感じで……」

あまりにも普通な態度で挨拶をされて、自分がエルフの国にいるという事実を忘れそうになる。

一年ぶりに里帰りしたような気分だ。

しかし、今いるのはエルフの王国アクア・ヴィーテであり、通常なら他国の者は入れない王城内での元老院の会議である。それも次期国王を決めるという極めて重要な場だ。二人だけで世間話を始めるわけにもいかないだろう。

そんなことを思って黙っていたのに、オーウェンは片方の口角を上げて自信を覗かせるような表情で、懐かしい笑みを形作る。

「元気そうだな」

「……オーウェンもね」

僅かな会話だが、そんなやり取りだけで胸に懐かしい想いが沸き起こった。自然と微笑みが浮かび、オーウェンと近況についてでも話したい気持ちになる。

しかし、オーウェンのデリカシーの無い言葉ですぐに現実に戻された。

「相変わらず子供みたいだな。身長伸びなかったのか」

「……台無しよ」

一転、目を細めて咎めるような視線を送る。しかし、オーウェンは気にした様子も無く周囲を見回し、一点を凝視する形で動きを止めた。

「……まさか、グレンか？」

オーウェンが眉間に皺を寄せてグレンを指差す。そういえば、二人は幼い頃に一緒に生活していた時期があると聞いたことがある。オーウェンはともかく、グレンは見た目が随分変わってしまった為、一瞬誰か分からなかったといったところだろう。

グレンはその反応に苦笑しながら、軽く片手を挙げた。

「うむ、久方ぶりじゃな」

グレンがそんな返事をすると、オーウェンは目を瞬《しばた》かせる。

「……お前、老けたな。いや、それにしても老け過ぎだろう。ジジィじゃないか」

オーウェンがデリカシーに欠ける言葉を口にすると、グレンが肩を落として深い深い溜め息を吐

く。

「ジジィって言うんじゃないぞい。年齢で言うなら同じじゃろうが……というか、本当に見た目も性格も変わっておらんのう」

そう呟いてから、グレンは懐かしいものを見るような目で苦笑を浮かべる。

「まぁ、この歳になると友人が変わらない姿を見せてくれると嬉しいもんじゃ。元気そうで安心したわい」

グレンがそう言って笑うと、オーウェンは腕を組んで唸る。

「エルフは百年程度ではそこまで変わらないだろう」

「そういう意味じゃないわい」

オーウェンがズレた回答をして、グレンが苦笑交じりに突っ込む。適当な会話に見えて、何処か親しみを感じる。お互い懐かしがっているのだろう。

ただ、オーウェンの感情の変化は私とグレンくらいにしか分からないかもしれないが。

そんな二人の会話が途切れたタイミングを見計らって、エドラが口を開いた。

「……どうやら、知り合いだったようだな。だが、知らない者もいるだろう。改めて、候補者の紹介をさせてもらうが、構わないか?」

エドラがそう告げると、疎《まば》らながら候補者達は鷹揚に頷く。王候補というだけあり、エドラも少し気を遣っているような素振りを見せている。

　エドラは全員の了承を得たと判断し、こちらに振り返った。

「それでは、一人ずつ紹介させてもらう。まずは、現国王の嫡男、ラングス・リカール・トラヴェル王子。年齢は百二十歳。候補者に相応しいだけのエルフの王族としての知識や魔術の技能を有しておる」

　エドラが紹介すると、ラングスと呼ばれたエルフの青年は胸を張って一同に会釈をして口を開いた。

「ラングス・リカール・トラヴェルと申します。父王の期待に応え、誰よりも優れた国王を目指しています。よろしくお願いします」

　ラングスは力強い瞳で全員の顔を順番に見ながらそんな挨拶をした。まるでやる気に満ち溢れた新入社員の挨拶みたいだなどと思いながら、軽く拍手をして頷いておく。

「もっと怖い人かと思ってました」

「そうだよね、私も」

　小さな声でシェンリーとエライザがそんな会話をしているのを背中越しに聞く。エルフというだけあって四人の候補者は全員が若々しく美しい見た目をしているのだが、表情や仕草といった部分でやはりそれぞれ異なった雰囲気となっている。

　もっとも力強く、王族らしい雰囲気を持つのがラングスなのは間違いないだろう。ちなみに、オーウェンはやる気というものが一切感じられない。むしろ、本人が「何故自分はここにいるのか」

と言いたそうな表情をしている。

そこまで考えて、私は今更ながら重要なことに気が付いた。

「……オーウェンが候補者になっているということは、オーウェンは王族なんですか？」

グレンにそう尋ねると、キョトンとした顔がこちらに向いた。

「そうじゃぞい。傍流じゃが、現国王の縁者の子、ということになるかのう。実は、あまり詳しいことは知らないんじゃよ。オーウェンも話したがらないもんでな」

ひそひそとグレンがオーウェンの血筋について教えてくれる。親戚のようなもの、ということだろうか。従弟の子といった少し離れた親戚だと候補にならなそうだが、かといって国王の兄弟の子であればそう言う筈である。それならば他国でも公爵家の嫡男相当になりそうだが、貴族社会に詳しくないので何とも判断が出来ない。

と、そこへ私達の会話を聞いていたエライザが眉間に皺を寄せて顔を突っ込んできた。

「……オーウェンさんって、アオイさんともグレンさんともお知り合いなんですか？」

そう聞かれて、端的に答えておく。

「私の魔術の師匠です」

「アオイさんの!?」

私の言葉を聞いてすぐにエライザが大きな声を出して驚く。それに元老院の面々が渋面を作って振り返る。

「あ……すみません……」

エライザが小さくなって謝ると、皆の視線がまた候補者へと戻った。

我々も雑談せずに次の候補者の自己紹介を聞くことに集中しよう。

そんなことを思っていると、ラングスが一歩下がって、次に髪の長い女性が前に出た。ふんわりと僅かにウェーブのかかった金髪を腰まで伸ばした美しい女のエルフだ。透明感のある真っ白な肌も相まってまるで妖精かと見まがうような神聖さを感じる。メイプルリーフの聖女がまったくもって聖女っぽくなかったので、こちらの方が聖女と言われたら納得してしまう自信があった。

エドラはその様子を確認して、口を開いた。

「二人目は、現国王の第一王女、レンジィ・モエ・トラヴェル王女。年齢は百五歳。帝王学、戦いの知識などはラングス王子に劣るが、魔術は陛下に迫るほどだと評価されている」

エドラがそう紹介すると、レンジィと呼ばれた女は顔を上げた。誰を見ているのか分からないような、ぼんやりとした表情で口を開く。

「……レンジィ・モエ・トラヴェル。国王……私がなった場合は、女王。この国の歴史で、女王はたった二人しかいなかった。なれたら、少し嬉しい」

レンジィはまるで幼子のようにぽつぽつと挨拶をした。その様子はとても国の代表になれるような雰囲気ではなく、芸術家か何かを目指しているといった方がしっくりくるものだった。

「ど、独特な方ですね……」

「私、友達になれそうです」

エライザが呟くと、シェンリーが何故か嬉しそうにそんなことを言った。まぁ、確かにシェンリーと気が合いそうではある。

私としてはラングスよりも魔術面で優れているという部分が興味深く感じているくらいである。王族独自で継承している秘蔵の魔術などもあるかもしれない。期待は高まる。

そう思っていると、今度は子供のエルフが前に出てきた。エルフらしくない、短髪の子供っぽい雰囲気のエルフだ。ただ、あまりにも整った顔立ちでほっそりした体型の為、性別については判断が出来ない。男の子でも女の子でも納得できる雰囲気だ。

緊張した様子の子供を横目に、エドラが口を開く。

「三人目は現国王の弟であるプルトニー・オード・ブレアー殿の嫡男、アソール・ティーニック・ブレアー殿。弱冠四十歳ながら、学問や魔術において極めて優秀な才能を発揮している。その素質としては十分国王になれる器だと評価されている。ただ、やはりあまりにも若過ぎる為、今のところはラングス王子、レンジィ王女に次ぐ位置として判断されている状態だ」

エドラが紹介すると、アソールは背筋を伸ばして口を開いた。

「アソール・ティーニック・ブレアーです……その、精一杯、が、頑張りますので、よろしくお願いします！」

緊張感で声が上ずった挨拶である。それにはエライザもシェンリーもほっこりして笑顔になった。

「か、可愛いです」

「本当ですねぇ」

シェンリーが我慢できずに悶えるような声を出し、エライザも同意の言葉を発した。この紹介だけ別種の空気感があったが、そこについて言及する人物はいないようだ。

だが、私はそれよりも気になることがあり、グレンに目を向けた。

「あの方は現国王の実子ではないみたいですが……」

「オーウェンもそうだと思うぞい」

小さな声でそんな会話をしていると、エドラが振り向いた。

「エルフの王国での王位継承者とは、国王の子だけではないのだ。国王とその兄弟姉妹、また、前国王の兄弟姉妹の子や孫、またはその子なども対象となる。そこに性別などは関係なく、条件は健康であることと年齢が百五十歳未満であることだけである」

我々の会話が聞こえていたのだろう。エドラがエルフの王国内での王位継承権について解説をしてくれた。やはり、エルフという種族が子供を授かり難いという理由からだろうか。もしかしたら、それらが原因で純血のエルフという部分に拘っているのかもしれない。

「……それでは、最後の一人を紹介しよう。現国王の妹であるアルタ・カートゥ・ミラーズ殿の嫡男、オーウェン・アラン・ミラーズ殿。年齢は百三十歳と今回の候補者の中で最年長である。しかし、ほとんどの期間をエルフの王国の外で過ごしており、エルフの王国で学ぶ知識、魔術などに関しては他の候補者より劣るものと評価している。期待するのは諸国を旅した知識であり、それが今後の王国にとって重要なものとなるならば次期国王となる可能性も高いと判断されている」

と、他の候補者とは少し毛色の違う紹介のされ方をされたオーウェンは面白くなさそうにそっぽを向いていた。いや、そもそも国王という立場に興味がないはずだ。オーウェンの性格なら、そんな時間があれば新たな魔術の研究をしているだろう。

では、何故そのオーウェンがわざわざエルフの王国に帰ってきてまで国王の候補者として次期国王の座を争っているのか。

面白くなさそうなオーウェンの横顔を見て、そんなことを考える。そういえばオーウェンのミドルネームを聞いたのも初めてな気がする。

そうこうしている内に、候補者の紹介が終わったエドラは我々の方に顔を向けた。

「それでは、今度は候補者達に皆の紹介をしよう。本来なら、重要な王国の未来を決定する議会に、他国の者が参列することは無い。それも、人間や獣人、ドワーフなどが参加することは前代未聞であろう」

エドラがそう口にすると、ラングスが深く頷いた。

「……エルフの血が混じっているのかと思いましたが、やはり人間と獣人、ドワーフ族でしたか。確かに、何故そのような他種族の者がいるのか気になりますね」

ラングスが同意の言葉を口にする。とはいえ、後は最年少のアソールが小刻みに頷いているだけで、他の候補者二名は一切興味を持っていそうな態度ではなかった。

それを横目に、エドラは片手の手のひらを天井に向けてこちらに差し出してくる。

「何故なら、他種族ということを無視してでも参加してもらうべきだと思えるほどの者達だからである。ハーフエルフのグレン殿はもちろん、人間のアオイ殿やストラス殿。そしてドワーフ族のエライザ殿と獣人のシェンリー殿……この者達は、我々であっても感嘆するほどの魔術を行使することが出来る者達ということだ」

エドラがそう告げると、ラングスとアソールだけでなくレンジィやオーウェンも振り向いた。ラングス達は単純に驚きを持って、そして、オーウェンは含みのある笑みを浮かべて私の方を見ている。

「……人間はともかく獣人やドワーフ族もそのような魔術を？　にわかには信じられませんが」

少しきついブラックジョークを聞いたとでもいうような表情でラングスがそう呟いた。レンジィとアソールは興味深そうに私達の顔を順番に見ている。

ラングスの言葉を受けて、エドラがスパイアに顔を向けた。

スパイアはその視線の意味を察して苦笑すると、肩を竦めて口を開く。

「……少々言い難いことですが、切っ掛けは我がステイル家の問題からです。息子がフィディック学院に短い期間入学していたことはご存じの方もいるでしょうが、その際に多少問題を起こしていたようで……こちらのフィディック学院の長であるグレン殿。後は教員であるアオイ殿、ストラス殿、エライザ殿。そして生徒を代表してシェンリー殿がこの国まで来られました」

「……フィディック学院の学長と教員、生徒？　わざわざこの王国まで来て話をするとは、それはいったいどんな問題だったというのか」

スパイアの言葉に、オーウェンが低い声で問いかけた。すると、スパイアは困ったような表情で深い溜め息を吐く。

「あまり言いたくはないのですが、どちらにせよ後でそういった話が出そうですからね。先に自分の口から言わせてもらいましょう」

そんな前置きをして、スパイアは私とグレンを見た。

「……私の息子、ブレストがフィディック学院に入学した際、グレン殿の令孫のソラレ君と学ぶ機会があったようですが、その時にちょっと揉めてしまいまして……いや、暈《ぼか》すような言い方は止めておきましょう。お恥ずかしい話ですが、我がステイル家ではエルフが最も優れた種族であると教えておりました。それを盲信したブレストは、ハーフエルフであるグレン殿の孫のソラレ君を侮辱し、魔術による攻撃を行いました。それにより、ソラレ君は学院に姿を見せることが出来なくなってしまった、とのことでした」

スパイアがそう告げると、元老院の一人二人が怪訝な顔をする。

「エルフの方が優れているという教えには問題がないだろう」

「ただ、ハーフエルフとはいえ学院の長の孫を侮辱するという行為が問題なのだ」

そんなズレた言葉に、何人かが小さく頷くのが見えた。恐るべきは、エルフが最も優れているという考えが染みついていることだろう。ラングス達も特に反応を示していないあたり、違和感を持っていないのかもしれない。

エルフの魔術を学びたい欲求は確かにあるが、それよりも教師としての信念が優先された。

「ちょっと待ってください」

思わず、口を挟む。それを予期していたのか、スパイアは素直に口を噤んだ。先ほどエルフが最も優れていると言った元老院の一人が鋭い視線をこちらに向け、遅れて他の議員の目が集まった。

「……何か、言いたいことでもあるのか」

鋭い視線の男がそう聞いてきたので、頷いて答える。

「まず、一番の問題はエルフが最も優れているという勘違いです。どの種族が優れている、どの種族が劣っているという考え方は大きな間違いだと思います」

はっきりとそう答えると、何人かの目に敵意が宿った。

「勘違い、だと？　何故、そう言える？　いや、どうしてそう思う？　人間という種族にとって、数が多い方が優れているというのならばそちらの感覚と違うのだと理解は出来るが、種族的に考えるならば間違いなくエルフの方が優れているだろう。それは、無知な人間以外には共通の認識だと思っていたが……」

怒気を隠しもせずに指摘をしてくるが、内容は極めて独りよがりなものである。到底納得できるようなものではない為、すぐに否定をさせてもらう。

「いえ、人口などの話ではありません。そうですね。エルフの方が剣で戦ったら、獣人の方に勝てますか？」

質問すると、男は眉間に深い皺を刻んだ。

「……剣で勝つことが種族として優れている証拠になるのか？　やはり人間は野蛮な種族だな」

鼻を鳴らして答えをはぐらかす。それに苦笑すると、軽く頷いた。

「それでは、まず肉体的能力ではエルフは他種族より優れた種族ではない、ということですね」

「……っ！　誰もそんなことは言っていない！」

確認すると、男が激昂して立ち上がる。それを片手で制してから、再度口を開いた。

「そのように気が短い性格は、エルフの優れた点でしょうか？　人間や獣人、ドワーフ族からすると、冷静に頭を働かせることが出来る方が良いと考えておりますが、直情的かつ怒鳴り散らすことがエルフとしては優れている種族の証である、と……」

「違うと言っている！　貴様、我々を馬鹿にしているのか!?」

男は否定しながらも、更に怒りを露わにして怒鳴った。それにはエドラ達他の元老院の議員達の方が頭を抱えるような動作をして困ってしまう。

「……ヘドニズ、少し黙っておれ。お前のせいでエルフの品位を疑われてしまう」

エドラが厳しい言い方をすると、ヘドニズと呼ばれたエルフはグッと険しい顔をして押し黙った。

納得はしていないが、エドラの言いたいことは理解したのだろう。

ヘドニズが黙ったのを確認してから、エドラがこちらにふり向いた。

「……同胞が感情的になってしまい申し訳ない。まぁ、先ほどのヘドニズの言葉を補足するなら、エルフにとって魔術は特別なものであり、他国から古代魔術と呼ばれているように、全ての魔術はエルフの魔術を基にして発展していると考えられている。そして、概ねそれは正しいはずだ。何しろ、以前各国の魔術を調査した時、特級と呼ばれる魔術は全てエルフの国の魔術の下位に近いものだった。我が国とは魔術的な格差があると言わざるを得ないのだ」

と、エドラが説明をする。それに元老院の議員やラングス達が頷くのが見えた。

それならばと、私は立ち上がって口を開く。

「それでは、エルフの魔術を見せてください。それが本当に各国の魔術よりも優れているのならば、魔術という一点においてエルフは他種族よりも優れていると認めましょう」

私がそう告げると、エルフ達は目を丸くして言葉を失くした。

ただ一人、オーウェンだけは両手を叩いて笑っていた。それに対して、グレンは頭を抱えて何か呟いていたのだった。

第六章　エルフの価値観と象徴

エルフの国は巨大な山の麓にあり、山の斜面を登るような造りをしている。王城の後方には山の斜面があり、そこへ階段上の建物が続いていた。山の中ほどから雪が降り積もっている為、山の後方の建物も白い為、遠目には建造物があるようには見えなかった。魔術を披露するならばと、我々は王城から出てそこへ行くことになったのだ。

ちなみに、王城の外で警護隊を連れて待機していたシーバス達に声を掛けてからこちらに来たのだが、その時のシーバスは目を丸くして驚いていた。

「……普通は立ち入り禁止の場なのだが、何故そんなことに？　いや、それよりも、何かあったら大変だ。我々も付いていけないか聞いてみるとしよう」

そう言ってシーバスがスパイアに同行の許可を願い出たのだが、残念ながら許可が下りなかった。いわく、王の選別の為の重要な儀式のようなものである為、参加できないとのことである。

「……アオイ達は良いのに、警護隊の我々はダメなのか」

「すみません。ちょっと行ってきます」

がっくりと肩を落とすシーバスに申し訳ない気持ちになりつつ、別れの言葉を告げたのだった。

それから、エドラの案内で、我々は王城の裏から奥に行き、その山の方向にある城壁にまで移動した。城壁には人が二人通るのが精一杯といった大きさの小さな半円の扉があった。金属製らしき分厚い扉を外側に向けて開くと、そこには扉と同じ幅の階段が延々と続いていた。

その階段を何段上ったのか数えるのも億劫になる段数を上りきると、また分厚い金属扉があった。

その扉を開くとそこにはドーム状の広間があり、三方向に同じような金属製の扉が備え付けられている。

見るからに頑丈そうな建物に、何となく学院やメイプルリーフ聖皇国にあった研究室を思い出した。

「……ここは、魔術の実験場か何かですか？」

そう尋ねると、広間の中心に立ったエドラが振り返り、口を開く。

「その通りだ。ここは広範囲魔術や高い破壊力の魔術の実験を行う際に利用する場所だ。極稀に訪れるドラゴンでも簡単には壊すことは出来ない作りとなっている。また、この壁をも貫通するような魔術を使う場合はあの扉を開けて、空に向けて魔術を放つようにしている」

エドラがそう告げると、三つの扉の一つをスパイアが開いた。光が差し込み、次に青空が視界に入る。

「外へどうぞ」

そう言われてグレンを先頭に我々も外へと出てみた。扉を潜ると、そこは視界いっぱいに広がる青空であり、自分達が山の中腹にいると分かる。山の斜面からせり出すような形で床を作っているのだろうか。金属の床のテラス部分が足元にある。前方十メートルほどまでせり出した床は塀が無い為、先端まで行くと崖の上に立ったような感覚になって恐ろしい。

「凄い景色ですね……」

シェンリーが感動したように呟いた。確かに、前方だけではあるが、視界を遮るものがない大空は絶景である。後方を振り返ると丸いドーム状の建物と、まだまだ頂が見えない山の斜面が広がっているが、それも中々面白い景色だと言える。

「こんなに高かったんですね」

「窓も何もなかったから分からなかったな」

開放感からか、エライザとストラスも城の中よりだいぶ気楽な様子で会話していた。

「確かに、ここなら特級の魔術を使用しても被害はないじゃろう。いや、水や土などの魔術を使う時は方向に気を付けねばならんが」

グレンがそう言って興味深そうに周りを見回していると、スパイアが扉の方を指差した。

「ご安心ください。反対側の扉を開ければ、そういった魔術でも問題が無い谷があります。谷底には激しい流れの川が流れており、大抵のものは跡形も無く流してしまいます。また、地形を変えるような魔術であれば森の奥に別の実験用の場所がありますので、そちらを使うことが出来ます」

スパイアは何でもないことのようにそう告げた。それにストラスやエライザは納得して頷く。

「なるほど。それなら大丈夫ですね」

「周りを気にせずに魔術を使えるというのは有難いな」

二人はそんなことを言って頷いていたが、私としては環境破壊が気になった。

とはいえ、その辺りは問題がないようにしているのだろう。まさか、巨大な岩や氷山を川に流して下流で災害が発生、などということはないはずだ。

無理やり自分を納得させつつ、ふと気になることがあったのでエドラの方に顔を向けた。

「候補者の方々はもう魔術を披露したのでしょうか？」

そう尋ねると、エドラは首を左右に振る。

「つい先日、最後の候補者となるオーウェン殿と連絡がついたばかりだ。まだ候補者全員の魔術は確認できていない。しかし、元々この王国で暮らしていたラングス殿、レンジィ殿、アソール殿はそれなりに把握出来ていると思っているが」

エドラがそう言うと、皆の視線がオーウェンに向いた。その視線に面白くなさそうに鼻を鳴らすオーウェンに、先ほど噛みついてきたヘドニズが首を左右に振る。

「エルフといえど、王国内で優れた魔術師に師事してこなかったオーウェン殿は不利になるだろうな。他の三名は国内有数の魔術師に魔術を習い、最高の環境で鍛え上げられてきたのだ。環境が違うという点では劣ってしまうのも仕方が無いといえる」

ヘドニズがそんなことを口にするが、オーウェンはまるで聞こえていないように無反応を貫いた。

その様子に苛立っていたようだが、次期王の候補者であることを考えてか、すぐに視線を外して口を噤んだ。

その様子を横目に見つつ、エドラの回答に応える。

「なるほど。それでは、手っ取り早くエルフの魔術の優秀さを証明する為に、元老院の中で最も優れた魔術師の方に魔術を披露していただいて、次に候補者の方々に魔術を披露してもらいましょう。そうすれば、エルフの王国でトップクラスの魔術と、それを水準として候補者の方々が魔術的にどれほどのレベルかが判断しやすいかと思います」

そう提案すると、エドラが眉間に皺を寄せて顎を引いた。

「……確かに、我々だけで候補者の魔術を比較するならばそれで良いだろうが、君達の魔術に関してはどうするつもりか」

「我々は最後にお見せしましょう。分かりやすいように、先に披露された魔術と同じ属性の魔術を順番に披露することにします」

「……なるほど。アオイ殿達を最高の待遇で招待すると決めたのは我々だ。それならば、そのような順番の方が正しいのかもしれない」

エドラがそう呟くと、他の議員のエルフが苦笑して頷いた。

「これまで、外部の者が参加することが無かったからな。明確な決まりもない」

「仕方がなかろう」

元老院の許可は下りたらしい。そういった声に無言で頷いてから、エドラはエルフ達を振り返って口を開いた。

「それでは、元老院を代表する者を選ぶとしよう。恐らく、風の魔術は私が最も得意だと思うが、どうか?」

エドラがそう尋ねると、元老院の議員達が頷いた。

「土の魔術であれば……」

「氷の魔術は私で良いだろう」

「光の魔術は……」

「暗闇の魔術は元老院の者であれば特に誰がということもあるまい」

「木の魔術は私が……」

やはり、得意な魔術がそれぞれ違うのか、わいわいと話し合いながらそれぞれの代表者を選出していく。ちらっと聞こえた光と暗闇の魔術がどのようなものかとても気になるが、ここは大人しく待っておくこととしよう。

「……私は火か水の魔術を任せてもらいたいのだが」

ヘドニズも担当する属性があるのか、声を上げた。それにエドラが頷いて口を開く。

「そうだな。火の魔術はヘドニズも得意だから……」

エドラが同意の言葉を口にしたその時、王城の方向から足音がした。

「ちょっと待て」

低い声が響き、皆の視線がそちらに向く。

開かれた扉の前には、見知らぬエルフの姿があった。元老院の議員達と同じ白いローブに、更に金の刺繍が施されたマントを付けた長い金色の髪のエルフである。無表情だというのに、妙に迫力のある雰囲気をもったそのエルフは、銀色の鎧を着た四人のエルフを従えて広間の中に一歩踏みこみ、口を開いた。

「火は、余が最も得意とするところ……違うか？」

男がそう言うと、その場にいたエルフ達が素早く片膝をついて跪き、頭を下げる。

「勿論でございます、陛下。この王国に陛下を凌ぐ火の魔術の遣い手はおりません」

エドラがそう言うと、陛下と呼ばれた男は腕を組んで首を斜めに傾けた。

「ならば、余が火の魔術を披露してやろう……まったく、何も言わずに面白そうなことを始めおって」

くつくつと笑いながらそう言うと、こちらに視線が向く。

「他国の来訪者よ。余がアクア・ヴィーテを治める王、リベット・ファウンダーズ・トラヴェルである。そこの警護隊隊長より話を聞いたぞ。この王国でも見ることが出来ないような高度な魔術を扱う、と……実に面白い。楽しみに拝見させてもらおう」

そう言って、エルフの王国の国王、リベットは腕を組んで笑みを浮かべた。

とてもお年寄りには見えないが、本当に後継者を急いで決める必要があるのだろうか。どう見ても四十代にもならない風貌である。特に面白いものが見られるかもしれないと楽しそうに待つ表情や雰囲気は童心すら感じられる。それでも王者の威厳や風格というものが損なわれないのが驚きだ。

リベットが現れたことによって、場の雰囲気は一気に緊張感が増した。元老院の議員達も居住まいを正しているし、候補者達も何処か表情が硬くなったような気がした。

オーウェンだけは太々しい態度を変えなかったが、他のエルフ達の態度を見て、ストラスやエライザ、シェンリーも同様に緊張しているようだった。

「グレン学長はあまり変わりませんね」

そう呟きつつグレンを見たが、髭を片手で撫でながらリベットを眺めるその姿からは何を考えているのか読み取ることは出来なかった。

「……それでは、まずは私から魔術をお見せしよう。風の魔術を行使する故、こちらへ並んでもらいたい」

と、エドラが先陣を切ると口にして奥の扉へと移動した。扉を潜り抜けて屋外に出ると、建物の外側壁面に並ぶようにして元老院の議員が並んでおり、その前にラングス達候補者が並んでいる。

なんとなく、それに続くような形で私達も並び、陛下は扉の前に立った。

「陛下。どうぞ、お座りください」

「うむ」

そんな声に振り返ると、近衛兵らしきエルフが木製の椅子を運んできて置き、リベットは鷹揚《おうよう》に返事をしてそこに座る。

観客が並び揃ったところで、エドラは大空を見渡すように視線を移す。大空はどこまでも広がっていて、遮蔽物《しゃへいぶつ》も空を舞うドラゴンといった生物の姿も見当たらない。

魔術の使用に問題が無いとエドラも判断したのか、片手を前に出して口を開いた。

やはりエルフの言語は理解できないが、どこかフランス語のように柔らかく流れるような響きである。エドラは五小節、エルフでいうところの五セルという長い詠唱を行いながら、魔力を手元に集めて操作し始めた。

ここで、やはり僅かな違和感を覚えた。ソラレの時もそうだったのだが、風を集めれば周囲の風が引き寄せられる。大気の流れが無ければ風は起きないのだ。

しかし、周囲に何も影響を与えずに、エドラの手元には小さな竜巻のような高密度のつむじ風が巻き起こっていた。そもそも、砂嵐や水分を巻き込んだ竜巻のように何かが混じっていないと風は可視化されないはずだ。

それが、エドラの手元には薄っすらと光すら放つつむじ風が形成されている。エルフの魔術の不可思議な部分を注視していると、魔術の準備が完了したエドラが魔術名を口にした。

なんと言ったかは分からないが、明らかに詠唱とは違う空気を感じたので魔術名なのだろう。

その証拠に、エドラが一言発した直後、エドラの手元にあったつむじ風は空へと飛んで行った。

まるで風を食べて成長しているかのようにみるみる間に大きくなっていき、空に浮かぶ雲を巻き込んで消し飛ばすほどの大きさに成長した。まさに竜巻だ。本来なら地上へ足を延ばすところだろうが、その竜巻は一定の大きさで成長を止めて消えた。

その規模の大きい風の魔術に、ストラスが目を輝かせる。

「凄い……」

その呟きが聞こえたのか、何人かの議員達が口の端を上げた。得意げにこちらを振り返り、ヘドニズが口を開く。

「まさか、エルフの魔術を初めて見たのか？」

ヘドニズがそう口にすると、魔術を使ったエドラが振り返ってこちらに歩いてきた。

「そんなことで得意げになるんじゃない。既に、我らでは使えない魔術を見せられた後なのだからな」

エドラが溜め息混じりにそう窘めると、ヘドニズは不満そうにしながらも口を噤んだ。ヘドニズはどうにもエルフが一番優れていると認めさせたいらしい。

ここでエドラの魔術に対抗して何か披露しても良いが、そんな子供みたいなことをしたいわけではない。私は一つずつエルフの魔術を分析して研究したいのだ。

「ありがとうございます。エルフの風の魔術、確かに見させていただきました。それでは、次は何の魔術を？」

エドラに一礼してそう尋ねると、エドラを筆頭に元老院の面々が目を瞬かせた。そして、顔を引き攣らせながら一人のエルフが口を開く。

「……先ほどの魔術を見ても動じることが無いとは、流石に雷の魔術を復活させた魔術師だけはあるな。それでは、次は土の魔術をお見せしよう」

エルフはそう言うと、先導するように前を歩いて移動した。先ほど教えてもらった、谷がある方向の出入り口だ。実際にテラス部分まで出てみると、底が見えないほど深く、巨大な谷だった。確かに遥か下方から川の流れる音が聞こえる。恐らく滝などもあるのだろう。落差のある場所を大量の水が落ちる音も混じっている。

正面にある切り立った山肌との距離は相当なものだが、それだけ広くても谷底が暗くなって見えないとは、どれだけ高いというのか。山の麓にあるエルフの王国からそれほどの高さを登ってきたとは思えないので、地割れか何かで形成された谷なのかもしれない。

そんなことを考えながら谷底を見下ろしていると、先ほどのエルフが前に出て皆を振り返った。

「土の魔術は大地の精霊に呼びかけ、その力を借り受けて何かを形成するというものが主だろう。一流の土の魔術師は瞬く間に建物を建造することすら可能である。故に、今回はどれだけ大きな物を素早く作り上げられるかを披露しよう」

丁寧にそう説明してから、男は詠唱を開始した。さきほどの風の魔術とどこか似ている詠唱だ。決まった文章があり、一部の単語がちょっとずつ変化しているのかもしれない。

男は、精霊に呼びかける、という言葉を用いた。それにはただ単純に信仰による祈りなどの意味が含まれているだけなのかもしれないが、もしかしたら本当に外部の力を借りて魔術を行使しているのかもしれない。

もしそうならば、詠唱が同じで同等の祈りを持って魔術を行使した時、エルフは皆同じような範囲と規模の魔術を扱うことが出来るということなのか。それならば、魔力の量や緻密な操作、魔術への理解度からくる想像力といった様々な要因が必要な人間の魔術よりも、ずっと優れているということが言えるかもしれない。

また、外部の力を自由に扱うことが出来るならば、これまで手が出せなかった魔術だけでなく、考えも及ばないような奇想天外な魔術まで実現可能となるだろう。

まさに、科学では説明がつかない超常的な力、魔法という代物である。

エルフの魔術について考察をしていると、詠唱が完了したらしい。男は片手を地面に添えて、魔術名らしき単語を口にした。

直後、地鳴りと微細な振動が体を揺らした。

「……これは……」

エライザが驚愕したように何か呟く。

皆が谷の方を見守る中、テラスの先が形を変えて奥へ奥へと床を伸ばしたような気がしたからだ。まるで生き物のように伸びていく足場。目を凝らして確認すれば、それがテラスの下から伸びた土であることが分かった。

「……山の一部を使っているのか」

同じくらいに理解したのか、ストラスがそんなことを口にする。

つまり、テラス部分の下を支えるようにあったであろう斜面が盛り上がり、テラス部分の面積を延長するように先へ先へと伸びているのだ。

その土で延長されたテラスは、ゆっくりとだが少しずつ伸びていき、やがては広く広大な谷に一本の大きな道を作り上げてしまった。

谷の対岸にまで伸びて、橋を作り上げたのだ。

「……すごい」

エライザが感動したようにそう呟く。

その呟きが聞こえたのかは分からないが、土の魔術を披露したエルフは立ち上がり、こちらを振り向いた。

「この土の橋はそれなりの強度を備えている。大型の馬車などだけでなく、中型の魔獣であっても通行可能だ。ただし、土の精霊の力は徐々に失われていく為、少しずつ脆くなっていく。やがて、土の橋の真ん中ほどから崩れていき、数週間で完全に崩壊するだろう。通常の建造物を建てる場合はこの魔術で形を作り、内側に木の魔術で骨組を形成する。そして、全面を白石を材料にした粘土で固めていき、完成となる」

と、解説を受けた。

どうやら、残存魔力の影響を受けるようだ。いや、魔力ではなく精霊の力が失われていくのか。

どちらにしても、土の魔術だけで永続的な効果を見込めるわけではないということだろう。

気になるのは、土を用いて橋を作ったから、自然結合が出来ずに徐々に崩れてしまうのではないか、という点である。これが最初から石や建材になり得る素材で橋を作っていれば、そのまま完成となるのではないだろうか。

また、他にも気になる点はあった。

白石を材料にした粘土、という言葉である。つまり、エルフの真っ白な城壁や町並み、王城はその白石を材料にした粘土を塗布した結果、ということだろう。

これを固めてしまえば強度が維持されると受け取れる内容だったが、それはつまり、白石を材料にした粘土とは、古代コンクリートに分類されるものではないだろうか。ローマンコンクリートともいう、原初のコンクリート。それがエルフの国での主流となる建材なのかもしれない。

魔術以外の部分で優れたエルフの技術を発見した気分になったが、その間にも話は進んでしまっていたらしい。

先ほどのエルフの隣に、別のエルフが現れてこちらに顔を向けていた。少し髪が短めのエルフの女である。女は切れ長の目を更に細めながら、軽く皆を見回して口を開く。

「それでは、次は木の魔術を披露しましょう。せっかくなので、今出来たばかりの土の橋を補強して、橋の寿命を延ばしてみようと思います」

女はそう前置きすると、出来たばかりの土の橋を振り返り、詠唱を開始した。

やはり、何処か似た詠唱である。響きが似ているのは勿論だが、テンポや一小節の長さも同様に似ている気がした。そして、今回も五小節、エルフで言うところの五セルで詠唱は完了し、魔術名らしき単語が聞こえてきた。

直後、先ほどと似たような地鳴りと振動が足を揺らす。とはいえ、先ほどよりも音は小さいものだ。また地面から木が生えてくるのだろうか。

魔術の効果がどう現れるのか。私は興味深く魔術の効果を確認する。

ざわざわと、音が聞こえた気がした。

顔を上げると、建物の後方、山の斜面から木の根や枝、蔓が絡み合うようにしながら空中を伸びていくところだった。

「木、木の枝が伸びていく……」

シェンリーが驚きに目を見開き、そんな声を上げた。

四か所から生じた木の根、枝、蔓の合わさった紐が伸びていき、テラスの先に出来た土の橋にまで到達する。良く見れば、既に地中を通って根が土の橋の下部を支えるように伸びているようだった。瞬く間に土の橋は木の根や枝によって表面以外の部分を覆われてしまう。

魔術が完了したのか、女は肩の力を抜いて橋の様子を軽く確認して、こちらを振り向いた。

「……さて、この魔術はこの国では珍しくないものですが、一応解説をしましょう。これは樹木の成長を促進させる魔術の応用です。木の枝や根の部分を成長させて土の橋を支えるように伸ばしています。やがて土の中に伸びた根からは更に細かな根が広がって土を固め、枝の部分からは葉や花が芽吹いて美しく彩るでしょう」

初回版限定
封入
購入者特典

特別書き下ろし。

女子会

※『異世界転移して教師になったが、魔女と恐れられている件⑤
～種族に優劣などないことを教えましょう～』をお読みになったあとにご覧ください。

EARTH STAR
LUNA

女子会

深い山々の中、城も城壁も町並みも真っ白な美しい城塞都市が現れる。まるで神話の一部を絵画にでもしたかのような幻想的な光景だ。

そんな美しきエルフの王国、アクア・ヴィーテに滞在をすることになり、どんな場所に寝泊まりするのだろうかと気になっていた。正直、少しワクワクしていたとも思う。

だが、案内されたのは小さな公民館のような施設だった。いや、壁も屋根も真っ白であり、室内も丁寧に清掃されていて、綺麗な建物ではある。だが、城や町並みの美しさを見て過度な期待をしてしまったのは確かだ。

「あ、トイレはけっこう違いますね」

「風呂があるぞ」

「寝具は魔獣の毛皮を使うんでしょうか」

エライザやストラス、シェンリーは興味津々といった様子で室内を見て回っている。中は広間、キッチン、寝室や湯浴み場などがあり、外廊下や中庭、テラス部分があって見て回るには面白い造りだった。

「意外と厨房はフィディック学院のものと似ていますよね」

そう告げると、ストラスが真面目な顔で頷いた。

「ふむ、使いやすそうだな。これを使って火を起こすのか？　いや、見た目は似ているが、中身はまったくの別物だぞ。水は……む、どれも魔術を使うものばかりか？」

　と、なぜかストラスはやたらと台所周り、調理器具類に興味を示す。いつにも増してストラスが多弁だったが、その時は何故かはわからなかった。

　その日の夜。簡単に夕食を食べた後は順番に湯浴みをして男女別れて寝室に移動する。そこそこの大きさの建物ではあるが、寝室部分のスペースをあまり取れていないのか、三人で川の字になって横になると少し狭い。

　だが、その狭さが妙な面白さを感じさせるのか、中々三人の会話は途切れなかった。寝具に横になった状態で、日々の生活のことや魔術について、またはエルフの王国で思ったことや感じたことなどを話した。

「あんまり飲食店のようなお店は見当たりませんでしたね」

「まぁ、エルフの人が屋台でお肉を焼いていたりしてたら変な気がしますよね」

「それは確かに……」

　と、そんなくだらない会話で笑い合う。まるで修学旅行の夜のようだと思い、なんとなく楽しくなった。不意に、視界の端で揺れるふわふわが目に留まる。

　ふわふわモコモコの主、シェンリーは上機嫌に笑いながら頷いたり自分の意見を口にしたりしている。

「エルフの人達は細くて綺麗で羨ましいです……あれ？　アオイ先生？　どうかしました？」

「……いえ、何でもありません」

シェンリーの言葉にハッと我に返り、代わりとばかりに寝具の毛皮に顔を埋めて我慢した。それから暫く三人で色々な話をしたが、やがて眠気とともに自然とお開きとなった。

「それでは、そろそろ寝ましょうか」

「そうですね」

「ちょうど眠くなってきました」

照れ笑いを浮かべつつ、シェンリーが最後に呟く。それに笑い返しながら、皆揃って就寝という形となる。さぁ、後はもう寝るだけだ。

そう思って一旦は目を瞑ったのだが、数時間にわたってすぐ近くで感じるモフモフの気配。このままでは眠れそうにない。

「……すみません。やっぱり、少しだけ撫でさせてください」

「……へ？」

結局、寝る前にシェンリーのモフモフの頭をおもいきり堪能して寝ることにした。シェンリーはくすぐったそうに笑いながら許してくれたので助かった。

ちなみに、エライザは就寝を決定した直後に寝ていて、シェンリーとのやり取りにも気づかなかったのだった。

それだけ言うと、女は丁寧に一礼してこちらへ戻って来た。その説明に想像力を働かせたのか、シェンリーが目を輝かせて木の根が支える土の橋を見る。

「あっという間にあんなに大きな橋が出来上がるなんてすごいです。この魔術があったらどの国も凄く助かると思います」

シェンリーが素直に魔術の称賛をすると、エドラが頷いてから視線を動かした。

「ふむ。この魔術は関心を得たようだな。雷の魔術を使う少女にそう言ってもらえたなら一安心だ。それでは、次の魔術を披露するとしよう。誰が担当する？」

エドラがそう口にすると、元老院のメンバーから一人のエルフが挙手をした。

「私がやろう」

ヘドニズである。

「ふむ、水の魔術か。それでは、ヘドニズに頼むとしよう」

エドラが同意して下がると、代わりにヘドニズが前に出ていき、出来たばかりの土の橋の上へと移動した。その際、こちらを明確な敵意を持って睨んで通り過ぎて行った。私にエルフの優秀さを見せつけてやるという思いからだろう。

これは、最上級の水の魔術が見られる良い機会である。

そう思って意識をヘドニズに向けると、ヘドニズは精神集中をしているのか瞑想するように目を瞑った。

深呼吸を一、二度してから、薄っすらと目を開ける。

「……それでは、水の魔術を披露しよう。そして、エルフの魔術が最も優れていると知るが良い」

ヘドニズはこちらを見てそう呟くと、再び視線を谷底に戻して口を開いた。

詠唱が始まり、ヘドニズの両手が谷底に向けられる。

流麗な詠唱は他の魔術に比べて僅かに長い印象を受けた。そして、五小節目が終わり、六小節目へと移行する。

「……六小節？」

「この魔術だけ詠唱が長いですね」

ストラスとエライザも気が付いたようだった。グレンは片手で髭を撫でながら目を細めてヘドニズの横顔を眺めている。

そして、元老院の面々はそれぞれ複雑な感情を見せた。驚き、焦り、中には怒りを見せる者もいる。そんな中、エドラは諦観を隠すことなく溜め息をもって口を開く。

「……馬鹿者め」

エドラがそう呟いた時、同時にヘドニズも詠唱を終えたようだった。魔術名らしき単語が、ヘドニズの口から呟かれる。

直後、谷底が鳴動するように蠢《うごめ》いた気がした。

ヘドニズは目を見開いて両手を広げ、顔を私の方へ向ける。

「……瞠目《どうもく》せよ、人間」

ヘドニズの言葉と同時に、巨大な何かが谷底より現れた。まるで巨大な蛇が鎌首をもたげるようにゆらりとそれは出現する。

「疑似水龍と呼ばれる最上級の水の魔術だ。この強大さ、恐ろしさが分かるか？」

ヘドニズは得意げにそう言いながら、巨大な水の龍を操った。

水龍と呼ぶだけはある、巨大な水柱だ。人も建物も呑みこみ、流しつくしてしまうだろう圧倒的な物量による水の暴力だ。この魔術がもし、大きな街に向けて行使されたなら、堅牢な城塞都市であっても半壊するのではないだろうか。

その巨大な水龍を、ヘドニズは自由自在に操って見せる。

「な、なんという……」

「……恐ろしい魔術じゃな」

驚愕するストラスと、畏怖の言葉を口にするグレン。それを耳にして、ヘドニズが笑みを深めて口を開いた。

「……どうだ、アオイとやら。この魔術に対抗できるか？」

そう尋ねられて、どうしたものかと考える。今はエルフの魔術を先に全て見せてもらう方がありがたいのだ。ここで魔術対決を始めてもメリットが無い。

そう思って答えあぐねていたのだが、これまで静かに見ていたオーウェンが苛立たしそうに口を開いた。

「アオイ。格の違いを見せるが良い」

その言葉に、皆がオーウェンを振り返る。オーウェンの隣に立っていた候補者の一人、ラングスが怪訝そうに眉根を寄せた。

「……人間が、あの魔術に対することが出来ると？」

ラングスが驚きを隠さずにそう告げると、オーウェンは鼻を鳴らして顎を引く。

「馬鹿馬鹿しい。この国はいつまで数千年前の栄光に浸っているというのか……エルフが魔術師として最も優れた種族であった時代はとうに終わっている。山奥に籠ったまま、その事実を知らずに自分達が一番だなどとのたまうことの何と愚かなことよ。それを恥とも思わぬことに驚きを禁じ得ない」

と、オーウェンは恐ろしいまでにエルフの魔術への自信を嘲笑した。それに元老院のみならず他の候補者まで目を鋭くさせる。

歯に衣着せぬ言い方が当たり前のオーウェンを見慣れている私としては、ヘドニズの言葉によほど腹が立ったのだろうと思う程度だったが、場の空気は恐ろしく冷え込んでしまった。

「さ、流石はアオイさんの師匠……」

「アオイ先生よりも凄いです……」

エライザとシェンリーが戦々恐々とした表情でそんなことを口にする。

「失礼なことを言わないでください。私はちゃんと相手の気持ちを考えて発言しています。もちろん、同意できない意見は否定していますが、その時もきちんと理由を伝えているはずですよ」

そう告げるが、二人からは疑惑の視線が返って来た。

「……アオイさんもけっこうはっきり言うから」

「そうですよね……」

二人に同意してもらえず少し悲しい気持ちになっていると、静観していたある人物が口を開いた。

国王、リベットである。

「面白い。その言が事実であるならば、名誉あるフィディック魔術学院の教員達も我が元老院の議員達と同等の魔術師であるはずだな？　ならば、丁度良い試金石がそこにある。ヘドニズの水の魔術、無効化することは可能か？」

グレンやストラス、私を見てリベットはそんなことを言った。エライザとシェンリーを見ないのはドワーフと獣人だからということだろうか。

そうとは限らないが、何となくこれまでのエルフ達の言動を思いだし、差別からの反応ではないかと疑ってしまう。とはいえ、二人ではあの巨大な水柱をどうにかすることは難しいだろう。

仕方なく、軽く右手を挙げて口を開く。

「それでは、教員の私が」

そう言って、土の橋の方へ移動する。ヘドニズは勝ち誇ったように腕を組んで口を開いた。

「この疑似水龍をどうにか出来る、と？　ふ、はっはっは！　それは楽しみだな！」

「期待に応えられるかは分かりませんが、頑張りましょう」

ヘドニズの問いかけに答えつつ、私はテラスの端に立ち、橋の上に立ってこちらを睨むヘドニズを見据えた。

ヘドニズの感情を表すように、疑似水龍は橋の上高くまで首を持ち上げ、生きているかのように頭上から私を見下ろす。その迫力は確かに恐ろしいまでであり、生身の人間が立ち向かえるとは到底思えない。

しかし、この世界での私には死を覚悟する、というほどではなかった。

「……銀氷《フロスト》」

一言呟き、魔力を集中させながら片手を巨大な水柱に向ける。

空気中の水分が凍り付き、魔力の流れがダイヤモンドダストを発生させながら空中を飛来していく。山々の切れ目から差し込む陽光を細氷が不規則に反射し、幻想的な景色を生み出した。

そして、凍てつく魔力が水柱に触れた瞬間、表面から浸透していくように水柱が凍り付いていく。

コップ一杯の水に白い液体を流し込んだように一気に水柱は全身を凍り付かせていき、すぐに動けなくなってしまった。

その際、痛覚があるわけではないだろうが、疑似水龍はその巨体をのたうつように動かしていた。

半ば凍った胴体を崖の壁面にぶつけて大地を揺らし、巨大な氷の塊が破片となって飛来する。

弾かれるように高速で氷の塊があらぬ方向へと飛んでいき、どうにかしようかと思ったが、向かう先に気が付いて止めた。なにせ、向かう先は候補者達のいる場所である。他の者達は詠唱の時間も無い為どうか分からないが、唯一人、オーウェンがいれば問題ないだろう。

私の考えが伝わったわけではないだろうが、オーウェンは小さく息を吐いて口を開いた。

「……魔力の操作くらいはしっかりしてもらいたいものだな」

そう口にしてから聞こえないほどの声量で魔術名を呟く。直後、オーウェンの前に赤い半透明の壁が現れた。その壁に衝突した瞬間、巨大な氷の塊が一気に蒸発する。

「む……」

「これは……」

間近で見たラングス達だけでなく、エドラ達も驚きの声を漏らした。この場にいる者達の中では唯一、無詠唱での魔術を披露したオーウェン。オーウェンの実力に半信半疑でいた者も、流石にこれを見せられては考えを改めることだろう。

そうこうしている内に巨大な水柱は足元まで凍ってしまい、疑似氷龍と呼ぶべき存在へとその姿を変える。

「な……」

ヘドニズが間の抜けた声を発している間に、全身凍り付いてしまった疑似氷龍は川の流れに負けて左側へと傾いて倒れていった。土の橋に触れない場所であったことが幸いだった。放心状態のへドニズは目を丸くしたまま谷底へと消えていった疑似氷龍を見送る。

数秒遅れて、大量の氷が川へと落下する轟音が鳴り響いた。様々な音が反響して地響きが続く。一部は壁面にぶつかったのだろう。家よりも大きな氷が、底も見えないような谷底に落下したのだ。その質量と勢いは恐ろしいほどの破壊力を生むに違いない。

鳴りやまぬ轟音の中、ヘドニズが信じられないものを見るような目でこちらを見た。

「……な、なんだ、今のは……なにを、した……?」

ヘドニズが声を裏返らせながら呟く。

あまり聞こえなかったが、驚いている気配は伝わった。やはり、瞬間的に凍結する魔術はエルフの魔術の中にもなかったか。予測が当たったことが少し嬉しい。

熱とは、分子の動きだと理解している。成分によるが、液体から気体になれば体積が何百倍、何千倍という桁違いの大きさで増加していく。その分、密度は減少するが、それはその成分を構築している分子が範囲を広げて活発に動いている証拠である。

通常、液体が凍り付く際はその分子のエネルギーが失われていき、動きが鈍化していくことから個体へと変化していく。

しかし、魔力を用いて凍らせる場合はより効率的にその変化を行うことが出来る。本来なら表面から伝播するように動きを緩やかなものへとさせていくしかないのだが、魔力を行使した場合は全体に一斉に効果を発揮することが出来る。

そのうえ、成分が同じならば触れる場所はどこでも良い。真ん中が最も効率的なのは変わらないが、一秒と二秒の違い程度である。

凍てつく魔力は対象に触れた瞬間全体を取り囲むように広がり、急速に冷凍していく。単純な熱交換とは違い、分子の動きを止める為に特化した魔力は表面が凍るよりも早く内側に浸透して内部からも凍り付かせていった。

結果、ある意味最も効果を発揮しやすい対象である、全て同じ成分の水で出来た疑似水龍は瞬く間に凍り付くこととなったのだ。

だが、そんなことを細かく説明しても分からないだろう。

なので、今回は短めに答えることにする。

「……私のオリジナル魔術です。対象を瞬時に凍り付かせることが出来ます」

そう告げると、ヘドニズは茫然自失としてしまった。

返答も無い。仕方ないので、次の魔術に移行してはどうかとエドラの方を振り返る。

しかし、元老院の面々も似たような表情で固まっていた。いつもなら困ったような顔をしているグレンが引き攣った顔で笑っていたが、ストラスとエライザ、シェンリーは苦笑である。

「……想定以上に力を見せつけていたが、まぁ良しとしよう」

オーウェンが呆れたような顔でそう呟いたのが聞こえた。

と、その時、唐突に手のひらを打ち合わせる音が聞こえてくる。

リベットの拍手のようだ。

「見事！　これは、予想外の実力だ。正直、どれだけ甘く見積もっても元老院の議員には勝てないだろうと思っていた。だが、ヘドニズの水の魔術は完膚なきまでに叩き潰された。それも、詠唱も気づけないほど一瞬でな……これはどういうことだ？　なぁ、ヘドニズ？」

愉快痛快と笑っていたリベットが、不意に低い声でヘドニズに声を掛ける。それに反応して、ようやくヘドニズは表情を動かした。

「………わ、分かりませぬ。情けないことながら、我々が知るどの氷の魔術であっても、あのような力は……」

掠れたような声だった。その声を聞き、リベットは相槌にも似た生返事をする。

「ふむ……確かに、我が魔術であっても全く同じことをするのは不可能だ。似たようなことならば可能だがな」

何でもないことのようにリベットが告げると、驚きの声が上がった。

「な、なんと……」

「それでは、陛下と同等の魔術を、人間が……？」

「馬鹿を言うな。なにか仕掛けをしてあるに違いない。あの女を見ろ、まだ何十年も生きていないのだぞ」

ざわざわと元老院の議員達がそんな会話を始める。見れば、オーウェンを除く候補者の面々も驚いたような顔をしていた。

「に、人間にあのような魔術師がいるとは……」

ラングスが驚愕とともに呟き、アソールが細かく頷いている。そして、レンジィはこれまでののんびりした表情を、真剣なものへと変化させていた。

一気に騒然となったテラスの上で、冷静な声が投げかけられる。

「……騒ぐな。エドラよ、次の魔術を披露させよ」

リベットがそう口にすると、水を打ったように場は静けさを取り戻した。土の橋の上にいたヘドニズが無言で戻ってくる。一瞬、私のことを見たような気がして視線を向けたが、ヘドニズはこちらに顔を向けずに元老院の一団の端の方へと移動した。

第七章　一国王の実力

その後、何故か萎縮した様子の議員達が順番に魔術を披露していった。

興味深く待っていた光の魔術では、まるで太陽が出現したかのように光が周囲を照らし出し、底が見えなかった谷底の様子を明らかにする。夜に使えば光の届く範囲を昼間のようにすることが出来るというが、まだ溶け切っていない水柱の残骸が気になって集中出来なかった。

次の闇の魔術では光の魔術と反対で、光を吸い込むように周囲を真っ暗にしてしまった。光の魔術の時もそうだが、闇の魔術に関しては本当に原理が分からない。科学での説明がつかないのだ。

光の粒子などを操っているというならば理解できるが、それは私には想像がつかない為再現は出来ないだろう。

「今の暗闇はどういう概念でしょうか？　一定空間における光を取り除いたのか、それとも闇をそこに広がらせた、ということなのか。通常の影とは違うものだとは分かっていますが、ある意味夜や室内の暗闇は影と同義です。その場合、今の暗闇の中は影の中だとも言えます。もしかして、影を物質と捉え、立体的に暗闇へと昇華させたという……いえ、それでは理屈が通りませんね。やはり、光という物質を一時的に取り除いたという方が正しいのでしょうか？」

「え、えぇ……そ、その、何とも私には……その、む、昔からこういった魔術は、精霊の力を借りて効果を……」

矢継ぎ早に質問をしたせいか、魔術を行使した痩せたエルフはしどろもどろになりながら魔術の概念について答えようと努力する。

しかし、まったくをもって理路整然としていない。いや、精霊がいて助けてくれるんだ、という一文のみで説明をしているのかもしれないが、それでは私は納得できない。

「……なるほど。そういえば、宇宙には暗黒物質《ダークマター》と呼ばれるものがあると聞いたことがあります。一時的に、指定した空間に煙を満たすように、暗黒物質によって埋め尽くされたと考えるならそういったことも……」

「だ、だーくまたー……？」

闇の魔術を行使した痩せたエルフは困り果てたように私の言葉を反復し、周囲に視線を向けた。するとグレンが早足でこちらに歩いてきて私の肩に手を置く。

「ま、まぁまぁ……とりあえず、闇の魔術も見せてもらったんじゃし、次にいかんかね？　わしとしては、中々見事な魔術がいくつも見られて大満足じゃよ」

そう言われて、確かにと頷く。

「……そうですね。これだけ一気に多種多様な魔術を見られる機会はありません。今は、出来るだけ多くの魔術を見ておき、後で研究をさせてもらえたら……あ、先ほどの光と闇の魔術を扱われたお二人は、後日尋問……間違えました。質問をさせていただけたらと思います」

そう告げると、何故か光と闇の魔術を見せてくれた二人の議員が逃げるように元老院の一団の下へと走って行ってしまった。

その背中を目で追い、無言でグレンを見る。

「……気持ちは良く分かるので、わしは何も言わんぞい」

グレンは良く分からないことを口にした。

そうこうしていると、これまで椅子に座ったままだったリベットが「よっと」と呟いて腰を上げた。

「さぁ、それでは次は余の番であるか」

リベットは誰にともなくそう言うと、軽く首を回してから右肩を回す。柔軟体操のようだが、何かしらのルーチンだろうか。剣道をやっていた時は、深呼吸と握りの確認をルーチンとしていた為、気持ちは良く分かる。

集中力を引き上げる為のスイッチを自分の中に作っているのだ。無心でルーチンをこなしていくと、スムーズに気持ちが切り替わる気がしたものである。

一方、リベットが前に出てくると、元老院の議員達の表情が変わっていた。何ひとつ見逃すまいと表情を引き締めて、じっとリベットの一挙一動を見守っている。また、ラングス達は居住まいを正して口を噤んだ。なんと、オーウェンですら同様である。

やはり、エルフの王国にあって国王とは格別の存在なのだろう。誰もが敬意を表し、畏怖している気配が伝わってくる。

その空気に当てられて、ストラスやエライザ、シェンリーも息を呑んで動きを止めていた。

リベットは緊張する面々を軽く見回してから、最後に私のもとで視線を止めた。

「……それでは、余が披露する火の魔術について簡単に解説をしておこう。良いな？」

「はい、お願いします」

リベットの言葉にわくわくしながら同意すると、小さく苦笑するのが見えた。そして、一言詠唱らしき声が聞こえて、リベットが自らの右手を顔の前に挙げて、手のひらを上に向ける。次の瞬間、小さな火が手のひらの上に灯った。

マッチの火のように小さく、真っ白な炎だ。

「お、おお……」

「あれが、王のエルフの火……」

元老院の議員達や候補者達の中から感嘆の声が上がった。

それを聞き流して、リベットは目を細めて火を見つめる。

「……火は、暗い赤、赤、明るい赤、黄、青、薄い青、白という風に温度で色が変わっていく。対して、大きさは大きければ大きいほど温度を上げやすい。つまり、魔術師として繊細な技術を競うならば、火は小さく、されど色は白くするという相反することをどこまで出来るかが一つの指標となるのだ」

言いながら、リベットはローブの内側に手を入れた。自らの腰のあたりから取り出したのは、手のひらほどの刃を付けたナイフである。美しい銀色のナイフを手に取り、そっと小さな白い火に近付けていく。

ナイフが火に触れる直前、自然にナイフの刃先に火が灯り、その形を変えた。どろりと、まるで液体にでもなったかのようにナイフの刃は溶けていく。

いや、事実、金属は液体に姿を変えたのだ。美しかったナイフは、見るも無残にその姿を失っていく。

「な、なんという炎だ！」

「恐ろしいまでの高温……」

「お見事です」

元老院の議員達が口々に感想を述べる。確かに、恐ろしいほどの温度だ。鉄ならば、千五百度を超えれば液体になるだろうが、先ほどのは鉄でもない気がする。もし、鉄よりも融点が高い金属であるならば、あの小さな火は二千度にも達するに違いない。

リベットは議員達の感想を聞いたのか、それとも聞いていないのか。特に反応も無くエルフの火を消し去り、顔を上げた。

「……さて、説明が長くなったが、これからが本題だ。先ほど言ったように、火の魔術において温度は色が白い方が高く、更に大きければ大きいほど温度を上げやすい。ならば、今のように小さく留めず、どこまでも温度を高めたらどうなるのだろうか？」

そう告げて、リベットは口の端を上げた。

「……超高温の火球が出来上がる、ということですね」

答えると、満足したように頷き、リベットは詠唱を開始する。

片手を空に向けて挙げ、滑らかな詠唱の声が響いた。まるで歌声のように澄んだリベットの声が谷の壁面に反響する。

六小節目を数えた。だが、終わる気配はない。

「……七小節？」

疑問を口にする。同時に、元老院の議員達も慌て出した。

「お、王よ……まさか……」

「これは、王家の秘術では……」

狼狽する議員達の言葉に、リベットは初めて反応を示す。笑みを深めて、声を出して笑った。

「魔術を極めて最上級の魔術を修めたとしても、それを使うことは出来ない。なんとも窮屈なことよ……今日は久しぶりに解放出来ると思うと楽しくなるな。さぁ、これぞエルフの王の神炎だ。目に焼き付けるが良い」

まるで子供のように楽しそうな顔で笑い、リベットは魔術名を口にした。

直後、天に向けて伸ばしたリベットの手の上に拳大ほどの火球が現れる。そして、火球は空に向けて浮かび上がっていった。

だが、大きさが変わらない？　いや、違う。距離が離れているのに大きさが変わらなく見えているということは、距離に比例して大きくなっていっているのだ。

徐々に、火の大きさが目に見えて大きくなっていることに気が付く。炎の塊はまるで新たな太陽のように巨大になっていた。山と山の間はかなりの距離があるが、それでもこのまま大きくなり続けたら危険だと感じてしまうほどである。

余程の高温なのだろう。炎の塊は燃えているとは思えないような白さで光り輝いていた。温度が高すぎると真っ白な光になるということか。

直視すると目を痛めるほどの光を放つ巨大な炎を背負って、リベットはこちらを見る。

「……これが限界か。これ以上大きくすれば維持することが難しくなる。余もエルフの国を滅ぼしてまで思う存分魔術を使いたいわけではないのでな」

笑いながら、リベットは顔を上げた。

「さて、人間の魔術師よ。この炎をどう思う？　防ぐことは可能か？」

そんな質問を受けて、どうしたものかと炎を見上げる。リベットが質問したせいで、皆の目が私に向いているのを感じた。

直視は出来ないが、ぼんやりと炎を見上げて口を開く。

「……まるで太陽のように巨大な炎です。しかし、太陽とは違います。太陽は核融合ですが、こちらは原理を考えると通常の燃焼反応でしょう。ならば、酸素を遮断するか、温度を下げるかというところですが……」

炎を分析して、魔術の選定をする。通常の炎程度ならば水や氷の魔術で十分だろう。しかし、千

数百度を超えてしまうと、消火も簡単ではない。土や岩であっても溶けてしまう温度なのだ。

ならば、両方同時にしてしまえばどうだろうか。

「……ちょっと試したいことがあるので実験してみて良いですか？」

そう尋ねると、リベットはきょとんとした顔となった。

「む？　実験、だと？　まぁ、それは構わんが……」

困惑気味に答えるリベットに会釈をして「それでは」と口を開く。顔を上げて、改めて炎の分析に移る。

「……魔力の流れを見る限り、中心に魔力の熱源があってそこから循環するようにして火球の中を熱波が巡っているようですね。ならば、中心の熱源から対処して……」

頭の中でシミュレーションしながら魔術の使い方を考える。数秒の間、幾つかのパターンを考えたが、ようやく最も効率的な方法を思いついた。

「よし……まずは、これにしましょう。超水圧刃《トリトン》」

魔術名を呟き、魔力を解放する。極限まで圧力を加えた水流は、巨大な質量を持つ刃と化して飛来する。とはいえ、あまりに高い超高温は水を熱源に辿り着くまでに蒸発させてしまうだろう。それを防ぐための一手が、超低温での対抗である。

「……絶対零度《コキュートス》」

魔術を行使すると、水の刃は凍り付き、更に低温を維持したまま炎の中へと身を投じた。巨大な火球と水刃の衝突だ。本来なら、それで結果を待つのみとするだろう。しかし、この高熱の炎はそれだけでは消し去ることは出来ないだろう。

故に、さらなる追撃を加える。

「……これで最後です。真空断絶《ホロウ》」

続けざまに魔術を行使し、一気に炎の周りの空気を奪い去った。真空になった空間は一気に激しい負圧の状態となり、炎は凝縮するようにしてその身を縮める。

酸素を失い、更には熱源を氷の刃で斬られ、その上氷の魔術での低温化は続いている。その状況では、流石の神炎であっても急激に衰えていくしかなかった。

ものの十数秒で、炎は勢いを失ってその姿を消し去る。その様子を、エルフ達は言葉も発せずに見つめていた。

完全な沈黙が場に下りる。谷の間を吹く風の音がやけに大きく聞こえるほどの静寂の中、口を開いた。

「……完全に消えましたね。魔力の残滓《ざんし》も無し、と。どうでしたか？」

結果が問題ないか確認を行い、リベットを振り返る。

リベットは呆れたような表情で片方の眉を上げて私の顔を見ると、深い溜め息を吐いた。

「どうでしたかも何もない。余の魔術を無効化した者など終《つい》ぞ現れなかったのだ。これだけの結果を出して認めることが出来ないなどと狭量なことが言えるものか……まったく、困ったものだ。まさか、候補者の魔術を見る前に余の魔術を無効化する者が現れるとは」

鼻を鳴らして、リベットが愚痴のような台詞を呟く。

それに、候補者の中の一人、アソールが「うっ」と呻き声をあげた。助けを求めるようにラングス達を見上げる。レンジィは目を瞬かせて私を見ていたが、ラングスは違った。

敵意、ではないだろうが、とても真剣な目で私の顔を見ている。王の魔術を破られたと思って複雑な気持ちになっているのかもしれない。

そんなことを思って様子を窺っていると、後ろからストラス達が近づいてきた。

「凄いな、アオイ。なんなんだ、あの魔術は？」

「流石はアオイさん！　無詠唱の三連続！」

「ほ、本当に凄い魔術でした……まさか、エルフの王様の魔術を無効化するなんて……」

三人が口々に驚きと感嘆の声を上げてくれる。それに微笑んでいると、その向こうからグレンが目を血走らせて迫って来た。

「あ、アオイ君？　な、なななな、なんじゃったんじゃ？　今の魔術はなんじゃったんじゃろうか？　ちょ、ちょっと、もう一回やってみてくれんかの？　大丈夫じゃ。王国の方々も喜ぶじゃろうから、気にせずに……」

テンションが上がり切ったグレンが周りの目も気にせずに騒ぎ出す中、急に私の肩を掴む手が現れた。

「おい、アオイ」

　その声に振り向くと、反対側からいつの間にかオーウェンが来ていたらしく、こちらも血走った目で迫ってくる。

「今の魔術は私も知らんぞ。どうやった？　あの火に対抗するには逆位にある属性である水の魔術しかないと思っていた。それこそ、先ほどのヘドニズとやらが行使した水の魔術のような物量による消火だ。それ以外の方法をどうやって思いついた？　いや、もちろん、氷の魔術も次点としては考慮していたが、せいぜいが水と氷の複合までだろう。それ以上の魔術がまさかあれほど有効であるとは……おい、聞いているのか」

「オーウェン！　ちょっと待っておれ！　わしが先に質問しとるじゃろ？　先に声を掛けた方が優先じゃ」

「何を言う。ジジィは学院でいつも一緒だろうが。順番など関係あるか」

「お、お前……っ！　本当に何も変わっておらんのう！　大体、わしがジジィならお前こそ精神年齢は同じなんじゃからジジィじゃろう！　このジジィエルフめ！」

　と、私の顔を挟んで二人で言い合いが始まってしまう。幼馴染だからこそのテンションなのか、いつものグレンとは違うキャラクターになってしまっている。いや、オーウェンも少し普段より童心に返っている気がする。

　ただ、ここにはグレンとオーウェンよりも年上のエルフが大勢いるはずだが、高齢者に対する悪口を連呼して大丈夫なのだろうか。

どうでも良いことだが、私の顔を挟んで怒鳴り合うのは五月蠅《うるさ》いので止めてもらいたい。

半眼で二人に肩を揺すられるままになっていると、これまで大人しくしていたスパイアが肩を竦めて口を開いた。

「……皆さん、お忘れかもしれませんが、今回の元老院の会議は候補者の魔術を比較して次期国王を決める一助にするというものですよ」

スパイアがそう言うと、皆がハッとした顔になる。

「……忘れていた」

「もはや、今日はそういう気分になれない気がするぞ」

「私も、異常に疲れてしまいました」

そんな言葉が元老院の議員達から聞こえてくる。それには議題の主役である候補者達も困ってしまうだろう。

そう思って視線を向けたのだが、レンジィはまたぼんやりした表情に戻っているし、アソールは良く分かっていない様子でこちらを見ていた。そして、何故かラングスは先ほどと同様に真剣な表情でこちらを睨み据えている。

何か、怒るようなことをしてしまっただろうか。いや、次期国王を決定する大事な場を荒らしたと思われたら恨まれても仕方ないかもしれない。

ラングスの視線が少し気になるが、とりあえず自身の主張もきちんとしておこうと口を開く。

「すみません。候補者の方の魔術も気になっておりますが、私としてはエルフが一番優れた種族で、他種族は全て自分達より下、というエルフの方々の常識を否定させていただきたいと思います。エルフに魔術師として優れた方が多いのは間違いありませんが、他の種族にも強い魔術師は大勢います。申し訳ありませんが、元老院の方々であっても獣人のラムゼイ侯爵に一対一で勝つことは困難でしょう。また、フィディック学院の教員や一部生徒であっても良い勝負をすると思います。恐らく、他国の宮廷魔術師の中にも素晴らしい魔術師はいるはずです。それを考えたら、エルフが絶対的に優れた種族であると断言するのは難しいでしょう」

そう言って、エルフ達を順番に眺める。すると、エドラがヘドニズを横目に見ながら口を開いた。

「……正直、今日、君達に会うまではエルフこそが最も優れた種族であるという自信を持っていた。もちろん、他の種族を下に見ているというわけではないが、エルフに勝てる魔術師はいないと思っていたのは確かだ。しかし、アオイ殿はもちろん、そこの獣人の少女にすら我々では使えない魔術を見せつけられて、その自信も大いに揺らいでしまった」

そう述べてから、エドラはオーウェンに視線を移す。

「……そして、候補者の一人であるオーウェン殿の言葉だ。山奥に籠ったまま、自分達が一番だと信じて疑わぬことの愚かさ、だったか？　あの言葉を聞いて、胸に突き刺さるような気持ちになったぞ」

そう言って失笑すると、グレンに目を向けた。

「……フィディック魔術学院への印象も大きく変わった。人間達の国の中で最高峰だのなんだの言ったところで、エルフの国での魔術の教育には及ばないだろうと思っていたが、現実は違うのだろうと思うほどに……」

エドラが懺悔のように自身の考えが変わったと告げていると、不意にリベットが片手を挙げて口を開いた。

「ちょっと待つが良い。そこの少女の魔術だ。余はその魔術を見ておらんぞ。今すぐに披露せよ」

と、空気を読まない王の発言に、シェンリーが驚きに肩を跳ねさせる。

「え!?　わ、私ですか!?」

慌てふためくシェンリー。流石に突然こんなに大勢の前で披露させられるのも可哀想なので、私は挙手をして口を開いた。

「少々お待ちください。それなら、私が雷の魔術を披露します。シェンリーさんは緊張してしまうので、失敗すると危険ですから……」

そう告げると、リベットが眉根を寄せてこちらを見る。

「……そういえば、アオイも雷の魔術を使えるのか。もう失われた魔術などと呼べない代物となってしまったな。まさか、フィディック学院では雷の魔術が通常の講義で習う科目だなどと言うつもりはないだろうな？」

自嘲気味に笑いながら、リベットがそんな質問をしてくる。それに首を左右に振り、答えた。

「いえ、流石にそのようなことはありません。今のところ雷の魔術を使えるのは十人程度でしょうか？　ここにいる全員が使えますので、来年には何十人か使える人が増えるとは思いますが……」

正直にそう答えると、リベットの表情が固まる。

「……質《たち》の悪い冗談、というわけではなさそうだな。これほど色々と見せられては何も言えん。それで、その魔術を教われば我々でも使えるようになるのか？」

疲れたようにそう尋ねられ、私は首肯を返した。

「もちろんです。魔術の才能など関係ありません。獣人やドワーフといった種族も無関係です。全員が雷の魔術を覚えることが出来るでしょう。また、先ほどの風の魔術、水の魔術、土の魔術までならフィディック学院の生徒達なら覚えることが出来るでしょう。火の魔術に関しては、一部の生徒でないと覚えることは難しいかもしれません」

全員がどんな魔術でも使えるのが理想である目指す未来なのだが、どうしても魔力量が多く必要なものは難しい。同じ効果を少ない魔力で実現することが魔術研究の一つの醍醐味なのだが、それも規模が大きいものになると中々難しい。

そう思っての発言だったのだが、リベットは目を吊り上げた。

「……議員の者どもの魔術は分かるが、余の魔術を真似ることが出来ると思っているのか？　それは傲慢が過ぎるというものであろう。たかだか数十年程度しか生きておらぬ女と思って大目に見ていたが、数百年にわたって磨き上げた王の魔術を模すことが出来るなど、妄言も大概にするが良い」

低い声でリベットが呟く。押し殺した怒りが地底で鳴動するマグマのように感じられる。かなりの威圧感だ。リベットが怒った場面を知らぬ私ですらそう感じるのだから、普段接している元老院の面々はどれだけの恐怖を感じているだろうか。

そう思った矢先、エドラが元老院を代表したように口を開いた。

「……王よ。所詮、人間の若い魔術師が口にすること。あまり、本気にはせぬほうが……」

「黙れ」

エドラの言葉を遮り、リベットが唸り声にも似た声を出した。それにエドラは顎を引いて口を閉じる。見れば、元老院の議員達は揃って深刻な顔つきで黙り込んでしまっていた。よほどリベットが怖いのかもしれない。

とはいえ、変な誤解をされたままなのも嫌なので、否定をさせてもらう。

「いえ、別に馬鹿にしているわけではありません。先ほども、リベットさんの魔術一つに私は三つの魔術を使用しましたから」

そう告げると、リベットは眉間に皺を寄せたまま口を開いた。

「……分かっておるではないか。無詠唱には驚いたが、どちらにしても我が魔術に対抗するには三つの魔術が必要であったことは確かであろう？　ならば、多少はわきまえた方が良いと思うがな」

目を細めて息を吐き、軽く片手を振ってそう呟く。それに、申し訳ないと思いつつも「違う」と意思表示をさせてもらう。

「いえ、それも違います。水や氷の魔術は確かに通常レベル程度なら使うことは可能です。しかし、最も強力な魔術というわけではありません」

そう言ってから、魔術の詠唱を行った。火の魔術のコツは、何を熱源にするか、である。良く燃える材料を選択し、十分な酸素を送り込んで燃焼を促進させる。そして、最後が圧縮だ。リベットの場合は燃え上がるだけ燃え上がらせていたが、それを圧縮することによって一気に超高温へと昇華させることが出来る。逆にエルフの火はサイズを維持したまま温度のみを上げようとしたから緻密な魔力操作が必要となったのだ。

まぁ、実は温度だけで考えるなら雷の一撃の方が瞬間的な温度は高いのだが、継続するという点では炎に負けるだろう。故に、この魔術は継続性を重要視した。

「……聖火《ヘスティア》」

呟き、火を燃焼させる。材料は水素だ。私の手のひらの上で生まれた火は、爆発するような勢いで一気に燃焼した。轟々と燃え上がる炎は瞬く間に先ほどのリベットの火ほどの大きさになる。色はまだ青く、火の勢いも弱い。

「ふむ、中々だが、まだ足りぬな」

リベットの嘲笑《あざわら》うような声が聞こえた。

だが、まだまだこれからが本番だ。

魔力を集中すると、一気に炎が数倍の大きさに膨れ上がる。先ほどのリベットが魔術を行使した時よりも上空の為危険はないが、空を覆いつくすような巨大な炎は恐ろしいまでの存在感を放っていた。

その炎を、一気に圧縮する。

行き場を失った熱エネルギーが圧力により急激に温度を高めていく。炎のサイズは小さくなっていくのに、色は一気に白く染まる。温度はもうすぐリベットの火の魔術に迫るだろう。後は、燃焼を促進するだけである。

二秒程度だろうか。魔術を発動して十秒は経っていない筈だ。その間に、温度に関してはリベットの魔術に匹敵するほどの超高温に達したと思う。ただ、大きさが少しばかり足りなかっただろう。

「……もう少し大きくしてから圧縮すれば良かったですね。時間を急ぎ過ぎました。リベットさんの魔術で作った炎よりも少し小さいと思います」

反省を交えつつそう言って、背後を振り返る。すると、リベットが初めて悔しそうな表情で私を見た。そして、すぐに視線を外して鼻を鳴らす。

「……ふん。実際に何かにぶつけでもせねば威力の違いなど分からぬわ」

と、まるで拗ねた子供のような態度でそんなことを言った。機嫌を損ねてしまっただろうか。そう思って助けを求めるようにエドラを見たが、どうもフォローはしてくれそうにない。

どうしようかと思っていると、不意にラングスが感極まったような声を上げた。

「わ、私は、今、猛烈に感動している！」

「え？」

唐突な告白に、思わず生返事をしながら振り返る。すると、薄っすら涙目で唇をプルプルと震わせながら私を睨むラングスの姿があった。

物凄い目力である。今にも飛び掛かってきそうな雰囲気を全面に出しており、猛禽類を目の前にしているようで正直少し怖い。

「な、なにがでしょうか」

放っておくのも恐ろしいので、一応聞き返してみる。すると、ラングスは一歩前に出て、つまりこちらに近づいて、口を開いた。

「私は、これまで我が国王が世界で最も優れた魔術師であると信じていた。間違いないと、疑うこともなかったのだ。つまり、私にとっての確固たる事実だった。それが、今日という日を迎えて引っくり返らされてしまった……っ！」

そんなことを語りながら、ラングスは両手を広げた。まるで劇の中の登場人物のように芝居がかった動作だ。その動作を見せながら、ラングスは微笑みを浮かべて口を開く。

「まさに驚愕だ。僅か数十年程度しか生きていないであろう人間が、世界最高の魔術師とは！」

ラングスがそう言うと、リベットが不機嫌そうに唸った。

「……余は負けたとは思っておらんぞ」

怒りを滲ませるリベットの声に、元老院の面々が震え上がる。

しかし、ラングスには響かなかった。

「いや、残念ながらアオイ殿の方が上でしょう！　なにせ、あれだけの魔術を全て無詠唱！　いや、最後の神炎にそっくりな魔術は二セルほどの詠唱はしていたようだが、それでも信じられないことではないですか！　陛下、私は決めました！」

物凄い勢いで捲し立てるラングスに、リベットも怒りを忘れて小さく頷いた。

「な、なんだ……何を決めたというのだ」

そう問いかけると、ラングスは私に体ごと振り返り、手のひらで指し示すようにして片手を伸ばす。

「私は、アオイ殿を妃に迎え入れます！」

そんな宣言をするラングスに、エルフだけでなく全員の目が丸くなった気がした。

第八章 ― エルフの恋

ラングスの衝撃的な発言から十数秒後、ようやく時は動き出した。

「ラ、ラングス殿……何を、突然そんな……」

エドラが掠れた声で確認をしようと声を発する。それにラングスは首を左右に振り、胸に手を当てて口を開いた。

「エドラ殿。恋は時と場所を選ぶことが出来ないのだ。突然、愛が生まれることもある。そう、まさに今この時のことだが、先ほども口にした通り、私はこれまで誰も王を超えることが出来ないと思っていたのだ。だが、それをあっさり、それもあんなに若く美しい少女が……実際に目にしていなかったらとても信じられなかっただろう。それほど、エルフの国の民ならばあり得ないことだったのだ」

そう言って、熱い息を吐くラングス。ラングスはエドラの質問に答えているつもりかもしれないが、自己陶酔しているのがありありと伝わってくるような喋り方であり、内容が頭に入ってこない。

それにしても、いったい何故急にそんなことになるというのか。突然過ぎてどうして良いかも分からない。

こんな時、相手の感情や思考が読める魔術があれば便利なのにと思ってしまうが、あったらあったで大問題となるだろうから、なくて良かったとも思う。

いや、今はそんなことはどうでも良い。問題はラングスの発言の方である。

「……ちょっと良いですか？　そもそも、私はエルフの皆さんの他種族への差別意識をどうにか出

来ないかと思って、この場に参加させてもらいました。なのに、いきなり結婚相手に選ばれるのはどうかと……」

恐る恐るそう口にすると、全員の視線がこちらに向いた。

「なんだ、嫌だと言うつもりか？」

何故か、リベットが苛立ったような態度でそう呟く。それに元老院の面々が慌てて止めに入ろうと口を開く。

「お、王よ」

「ちょっとお待ちください」

「相手が嫌だと言うなら、それで良いのでは……」

何故か、急に元老院の面々がこちらの味方になった。いや、私をエルフの王族の配偶者にしないように動いているようなので、味方というか何というか、複雑な関係ではあるが。

だが、ラングスは引かなかった。全員を順番に見返しながら否定の言葉を口にする。

「待っていただきたい。王よ、元老院の議員達よ……我が王国の定める法には他種族との婚姻を否定するものは無かったはずだ。主にエルフ同士で婚姻をしていたのは、古くからの慣習に過ぎないはずだ」

ラングスが高らかにそんなことを告げると、リベットが眉根を寄せて口を開いた。

「……いや、王族にはエルフ以外との婚姻は認めないという法があるではないか」

リベットがそう答えると、エドラ達もおずおずと同意する。

「そ、そうですな」

「うむ、王族はエルフ同士でしか婚姻できません……と、思いますが……」

「今まで、こんなことが起きたことは無かったので考えたこともなく……」

元老院の面々も少し自信無げだったが、リベットの言葉に沿った発言をする。それらの反対意見を聞いて、ラングスは鼻を鳴らして笑った。

「もしそんな法律があったところで、変えてしまえば良い！」

「馬鹿か、貴様」

堂々ととんでもないことを言い放つラングスに、流石のリベットも呆れたような顔で罵声を浴びせた。

しかし、ラングスは引き下がらない。

「陛下、古い考えはお捨てください。長く続く伝統や習わしも重要ですが、時代は常に動いております。外との接触を極力絶ってきた我が王国も、ようやく時代の流れを知ることが出来たのです。ならば、それに合わせて我が王国も形を変えていかねばならぬと……」

「馬鹿者」

再び、リベットが似たような台詞を口にした。

先ほどよりも僅かに怒気が込められている。明らかにリベットが不機嫌になっているというのが空気越しに伝わってくるようだった。

その怒りに怯えたのか、エドラ達はラングスを説得するように前に出てきた。

「ラングス殿。お若い貴殿はやはり新しいものに目を奪われることもあるだろう。しかし、次期国王になるならば、やはり古くから伝わるものに重きを置いてもらいたいと思う」

エドラがそう告げると、ヘドニズが険しい顔で同意する。

「その通り！　法を変える必要がある場合もあるだろう。しかし、最も重要な王家の血筋を残すという命題を軽々しく考えられては困る！　神話の時を数えるならば一万年以上もの長い年月を、エルフの王族として脈々と受け継がれてきたのだ。ラングス殿。その尊い血筋をどう考える？」

と、ヘドニズはまたもエルフ至上主義らしき言葉を発した。いや、しかし、王族の血筋を守るという話になった場合、それはまた別の問題となるのだろうか。単純に、人間だからダメという言い方ではない気がする。

否定するべきか同意するべきか、判断に困る内容だった。結婚の話が前進してしまっても困るので、何も言わない方が良いだろうか。

二人の意見に葛藤していると、ラングスも同様に難しい表情をして押し黙った。しかし、そこにまさかの方向から反対意見が入る。

「私は、一部ですがラングス殿の意見に同意します」

スパイアだった。その発言に、元老院の面々が最も過敏に反応する。

「な、なにを言う！　ステイル殿！」

「……まさか、我が王国の衰退を目論んでいるのか？」

「人間どもに買収でもされたか」

王家の人間ではないからか、明らかに敵意を持った何人かがスパイアを攻撃した。それに苦笑を浮かべつつ、スパイアが反論する。

「一部と言いましたよ。全面的にラングス殿の意見を肯定するわけではありません。とはいえ、我が王国が悩み続けている問題を皆さんもご存じでしょう」

スパイアがそう告げると、声を上げた何人かが顔を見合わせて口を噤んだ。発言出来る間を得たと確認して、再度スパイアが口を開く。

「……そう、人口の減少問題です。エルフは二千年程度の間に半分に人口を減らしてしまいました。もう十何年も子供が生まれていないのですから、当然ながら今後は更に減っていくでしょう。対して、ハーフエルフは毎年生まれています。確かに寿命は半分程度かもしれませんが、優秀な者が多く、寿命以外で大きな問題があるとは思えません」

スパイアがそう口にすると、ヘドニズが怒りの表情を見せて何か言おうとした。しかし、それを片手を挙げて制止すると、もう一度スパイアが言葉の続きを話し出す。

「もう少し、話をさせてください。陛下ならば理解してくださるでしょうが、我が王国はいずれ、どうあっても純血のエルフがいなくなってしまうと思っています。それが数千年後か、それとも一万年後かは分かりません。とはいえ、間違いなく訪れる未来です。また、ハーフエルフを排斥してしまえば、我が王国は今でも立ちゆかぬ状態と言えるでしょう。百年程度もすればハーフエルフの方が多い国となるということも、間違いない事実です。ならば、王家の血筋については保留にするとしても、人間や獣人、ドワーフ族という他種族に関しては見方を改める必要があります。そうしなければ、結局ハーフエルフへの意識も変わらないからです」

静かに、諭すように、スパイアがそう口にした。ヘドニズはどうにか文句を言ってやろうという顔をしているが、すぐには口を開けない様子である。

どうやら、スパイアの口にした人口減少問題というのは、この国にあって最も重大な問題なのだろう。

「……ステイル家の子よ、貴様の言いたいことは分かった。確かに、余もこの人間が恐るべき魔術師であることは認めねばならないだろう。元よりハーフエルフへの特別な意識など無かったが、そういった意識を持つ者がいても放置してきたのは事実だ。今後は、人間や獣人、ドワーフに対しても下に見るようなことが無いように、皆に触れを出すのも構わん。しかし、我が王家の血筋に他種族の血を混ぜるのは同意できん」

リベットは反論は赦さないと圧を籠めてそう告げる。これには、ヘドニズであっても何も言えず顎を引くしかなかった。スパイアも同様である。

流れはおかしくなったが、結果として私の求める差別意識の排除に繋がる話が出た。これは予想外の成果である。もうこのままフィディック学院に帰っても良いくらいだ。

ところが、どうにも帰れる雰囲気ではない。

「ちょっと待っていただきたい。もし、アオイ殿との婚姻が認められないのならば、私は次期国王の候補者という立場を辞退しても良いと考えている」

と、ラングスはまたも爆弾発言をした。再び、元老院の議員達の間に重苦しい空気が漂い始める。なぜなら、リベットの眉間に深い縦皺が刻まれたからだ。

「……ラングス。先ほどからの貴様の発言は、全て王家を軽んじる発言だと理解しているか？　もし理解しての発言であるならば、余が自ら罰を与えるとしよう。もしそれで命を落とすことがあろうと、己が責任であると理解せよ」

リベットはそれだけ告げると、片手を顔の前に持ち上げた。まるで銃口を向けるように、ラングスの顔に手を向ける。これにはエドラ達も顔面蒼白になって前に出てくる。

「お、王よ！　それはあまりに軽率な行動かと……っ！」

「ご子息を殺《あや》めてしまうなど、過去にない悪名を残してしまいますぞ！」

「陛下、お待ちください！　我々で、ラングス殿を説得して見せますので！」

エドラ達が群がるようにしてリベットの周りに集まると、苛立ったようにリベットが怒鳴った。

「ええい、鬱陶しい！　退け！」

流石に見境なく魔術を放つようなことは無かったが、それでもいつ詠唱を始めてもおかしくない様子である。これには、王国の行く末にあまり関係が無さそうなグレン達であっても焦ってしまう。

「お、落ち着いてもらえないじゃろうか。とりあえず、冷静に会話を……」

「いや、アオイが嫌がっているんだから結婚もどうせないだろうと思うが……」

「どうでも良いけど、アオイさんは嫁がせません！」

「あ、アオイ先生がエルフの王女に……あれ？　女王に……？」

若干混乱した様子のグレン、ストラス、エライザ、シェンリーが声を上げる。リベットの激怒に場の混乱は最高潮となった。

そんな中、それまで黙って聞いていた候補者達も動いた。何処か眠そうな表情で、レンジィが口を開く。

「……私は、別にそこの人間とラングスが結婚するのは反対しない。王になるのが嫌ならならなくて良いと思うし、結婚したいならすれば良いと思うけど。お互いが結婚を望むなら好きにしてもらって構わない」

何故か、レンジィは前向きにラングスの主張を受け入れる。これに、リベットは唖然とした顔になった。その主張は良いが、内容には同意できない。なにせ、私の感情が勘違いされているような気がするのだ。どうにかしてまずは私に結婚をする気がないという部分は理解してもらわねばならないだろう。

だが、私が口を開く前に、更に追い打ちをかけるようにアソールが小さく頷いて同意する。

「そ、そうですね。好きな人と一緒になれないのは悲しいです。ぼ、僕は運良くシャーロット嬢と婚約出来たので良かったですが……」

ラングスだけでなく、レンジィやアソールまで王家の伝統を軽視する発言をして、リベットは目を吊り上げて候補者達を睨んだ。

そこへ、オーウェンがしかめっ面で口を開く。

「馬鹿馬鹿しい。別に王家が潰れたところで王国が滅亡するわけでもない。その時は、エルフが主体となる新しい国が出来るだけだ。血筋に拘ってエルフという種族が滅亡する方が大問題だろうに、そんなことも分からないとは」

やれやれ、といった様子でオーウェンが最も過激な発言をした。そこで、ついにリベットの堪忍袋の緒が切れる。

「……分かった。余の教育が間違っていたようだ。ならば、相応の罰を皆に与えて、この場は終わりとしよう」

「お、王よ！　どうか冷静になられよ……っ！」

「お、お待ちください！」

「す、少しお時間を……」

先ほどと同じようなやり取りが始まったが、今回はとうとうリベットの魔術の詠唱が始まってしまった。

流石に、これは放置できない。無詠唱で飛翔の魔術を発動し、リベットの暴走を止めにかかることにする。

「飛翔《フライ》」

口にした直後、対象として指定したリベットの体が一気に空へと舞い上がる。続けて、自分自身も対象に指定して空中へと浮かび上がった。

「へ、陛下……っ!?」

誰かが下の方で叫んでいたが、すぐに聞こえなくなる。

雲の高さと同程度まで浮かび上がって、上昇を止める。すると、怒りに打ち震えるリベットの姿がすぐ目の前にあった。

「やめよ！　人に飛ばされることほど鬱陶しいことは無い！　貴様のしたいことは分かる故、魔術を取り消せ！」

「失礼しました。最低限にしていますので、どうぞそのまま詠唱してください」

「……ちっ」

私の言葉に舌打ちを返すと、リベットは一小節詠唱をして飛翔の魔術を行使する。速度が出るかは分からないが、滑らかな飛行である。ふわりと浮かんだリベットは、明らかに敵を見る目つきでこちらを睨んだ。

「若さゆえ、多少は大目に見てやろうと思ったが、もう止めだ。力の差というものを見せつけてやろうぞ」

呟き、リベットは詠唱を開始する。しかし、戦うというのならば先ほどのような悠長な戦い方はしない。剣道でもそうだが、速さと間合いの取り方で有利不利がある程度決まる。また、挑戦者は機先を制する動きが重要だろう。

これまで培ってきた経験からの持論をもとに、自身の考える最適な選択をして戦闘を開始する。

「……水牢《アクアジェイル》」

魔術名を口にすると、瞬く間にリベットの周囲を水が覆う。火を防ぐ意味も込めつつ、詠唱を阻害するための行動だ。目論見通り、突然水中に投げ出されるような状態になったリベットは詠唱出来ずに口を閉じた。

水牢の中からこちらを睨むと、口を開いて水中で何か呟く。

直後、水牢は中から弾けるようにして破裂してしまった。

「……小癪な真似をする。余に強い魔術を使わせないつもりか？　しかし、そんなことで勝てると思われては王の沽券に関わるな」

獰猛な笑みを浮かべて、リベットがそう言った。

そして、片手をこちらに伸ばして口を開く。

魔術名らしき言葉が聞こえた瞬間、風が巻き起こる。目に見えない風の刃が質量を持って迫るのを肌で感じた。

「風の盾《ウインドシエル》」

口にした瞬間、激しい上昇気流が目の前で壁のように吹き上がる。真っすぐにこちらに向かって来ようとしていた風の刃は、その単純な力の指向性、方向性から簡単に向きを変えて弾かれてしまった。まさか防がれると思ってなかったのか、一瞬リベットが硬直する。

リベットが何か言う前に、口を開いた。

「氷の双刃《アサシンエッジ》」

口にした瞬間、リベットの左右に巨大な氷の刃が出現する。薄い丸みを帯びた氷の曲剣の刃先はリベットの顔の真横に並んでいる。ロックスの母、レア王妃の魔術具の魔術を模写したものだが、リベットの動揺は明らかだった。

「な……」

迂闊に動けない。そう思ってくれたなら重畳《ちょうじょう》である。

さらに、その間に魔術の重ね掛けをする。

「……神炎槍《ファラリカ》」

僅かに魔力を集中する時間を稼げたことにホッとしつつ、火の魔術を行使する。発動と同時に私の右手の指先から肘にかけて青白い炎が噴き上がる。その炎を制御しつつ、リベットの方向へ向けた。

直後、青白い炎の槍が指先から超高速で伸びる。

【ＳＩＤＥ：リベット】

信じられない思いだった。

そもそも、自身の中で最も得意な魔術を即座に真似された段階で驚いていたのだ。まさか、亡き我が父でも出来なかった魔術を模されるとは思わなかった。

また、余であっても極めて簡単な魔術でなければ不可能な無詠唱による魔術の行使だ。どの魔術もとてもではないが簡単なものは無かった。むしろ、エルフの魔術では再現できない魔術までも見せられてしまったのだ。

誰に言われるまでもなく、内心ではアオイという人間の魔術師を十分過ぎるほど認めていた。それこそ、自らを凌ぐ初めての魔術師が現れたかもしれないという思いもあった。

しかし、だからといって人間を王族と婚姻させるかは別問題である。どれだけ優秀な魔術師であろうと、純粋なエルフの血を王族は守らなければならない。

そんなことも分からない我が子らに、本気で腹が立った。

だが、今や頭に上った血も完全に下げられた。そう、我が憤怒が人間の魔術師によって強制的に抑え込まれたのだ。

目の前に突如として現れた氷の刃の切っ先を油断なく見据え、どうするべきか頭を働かせる。この威圧感は、生半可な魔術ではない。無詠唱で使える火の魔術では溶かすことは出来ないだろうし、風の魔術などで切っ先を逸らすことも質量を考えたら難しい。

一瞬の判断間違いで死は確実なものとなる。その緊張感のせいで、動くのが遅れた。

「……神炎槍《ファラリカ》」

次の瞬間には、アオイは新たな魔術を行使していた。またも無詠唱であり、発動から効果を発揮するのも早い魔術だ。

腕が青白い炎を纏う様は、まるで神話の時代にいたとされる悪魔のようにも見えた。そして、アオイが腕をこちらに向けて伸ばす。

直後、腕の炎が槍のような形状となって伸びた。炎の槍の先が見たことも無い速度で迫り、条件反射で僅かに首を左に傾ける。

それが精一杯だった。

「……情けをかけたつもりか？　それとも、余を舐めているのか？」

避けられたわけではない。だが、拳一つ二つ程度の距離を空けて、炎の槍は突き出されていた。つまり、最初から当てるつもりは無かったのだ。

侮辱するつもりならば、たとえここで死んだとしても一矢報いなければならない。得意の魔術での勝負に負けて死んだという不名誉な事実を残したとしても、我が自尊心が許さないだろう。

拳を握り、アオイを睨む。左右にはいまだ巨大な氷の刃がこちらに切っ先を向けて浮かんでいたが、そんなものは関係ない。

恐らくだが、この炎の槍を横に動かすだけで余の命は失われるのだ。それならば、氷の刃に首を切り落とされながらでも反撃するしかない。

命を賭した戦いの覚悟を決めてアオイを睨み据えるが、当の本人は疲れたような顔でこちらを見ていた。なんだというのか。これだけエルフの王を追い詰めておいて、何が不満だというのか。苛立ちと共に睨み続けていると、アオイはあっさりと氷と炎の魔術を解除した。

困惑するこちらの様子を眺めながら、冷めた態度で口を開く。

「別に私はリベットさんを害したいわけではありません。もちろん、優劣をつけたいわけでもないのです。ただ、教員として、親が子を殺そうとする現場を止めないわけにはいかなかっただけです」

と、そんな場違いなことを言われて、思わず毒気を抜かれてしまった。

「……今、長い系譜を持つエルフの王族の血筋が存続するかどうか、という話だった筈だが、教員として、だと？」

どう言って良いか分からず、明確な形で指摘することも出来ずに反論する。しかし、アオイは何も思わなかったようで、苦笑交じりに首を左右に振った。

「正直に申し上げると、エルフの王国の未来というものは二の次で考えています。私にとって大事なのは生徒達であり、子供達が育つ環境です。申し訳ありませんが、私はエルフの国で育つ子供達は可哀想だと思っています。ハーフエルフへの差別意識、人間や獣人、ドワーフへの差別意識を幼い頃から植え付けられて、外に出ることもなく他種族の友人を作ることもない……それは、酷く閉鎖的で寂しい人生ではありませんか？」

不意に予想外の指摘をされて上手く言い返すことが出来なくなった。

考え方の視点が違う。こちらは国王として、国の行く末や王家の未来について話をしているというのに、アオイはどこまでも子供のことを考えていたのだ。

それならば、どこまでも意見が合うことなどないだろう。そして、ここで意見をぶつけ合う必要も意味もない。

そう結論を出すと、肩の力が抜けた。

「……ふ、ははは！　どこまでも教師としての考えで動いているのだな。なるほど、面白い人間だ。魔術師としてそれだけの実力を持っていながら、何故そんなに無欲なのか。やろうと思えば小さな国くらいならば乗っ取ることも容易であろう？　余をこの場で殺せばこの国を簒奪することも可能だというのに……」

この場で王を殺し、自らに好意を寄せるラングスと婚姻する。力で黙らせれば誰も逆らうことは出来ず、問答無用で王家を自分のものとすることが出来るだろう。あの様子ではラングスも思いのままに操ることが出来るに違いない。

それが分からないはずがない。つまり、それだけ地位や権力といったものに興味がないということとだろう。

「本当に面白い人間だ。アオイ、お前にならラングスとの婚姻を認めても良いやもしれんな」

「いえ、それは結構です」

婚姻させてやっても良いかと認めてやったのに、即座に否定されてしまった。

これまで受けたことのないような無礼な態度に、思わず吹き出すように笑う。この時には、すっかりアオイという人間を気に入ってしまっていたのだった。

第九章 ― 王家との婚姻問題

リベットと地上に戻ると、皆が揃って不安そうな表情を浮かべて歩いて来る。リベットのところには元老院の議員達が、私のところにはグレン達が歩いてきた。

「ど、どうなったんじゃ？」

グレンが開口一番にそう尋ねてきたので、胸を張って答える。

「はい。リベットさんとは和解することが出来ました。恐らく、協力してくれると思います」

そう告げると、どう受け取ったのかストラスが眉根を寄せて口を開く。

「協力というのは、もしかして結婚の……？」

「そんなわけないでしょう」

即座に否定すると、ストラスが何か言う前にエライザが前に出てきた。

「良かったーっ！　結婚しないんですよね？　もし結婚してもフィディック学院にいてくださいよ!?」

何を想像していたのか、エライザが涙目で訴えてくる。元から結婚するつもりはないというのに、どうしてそんな風に思うのか。

不思議に思っていると、シェンリーまで涙目で迫ってくる。

「アオイ先生、良かった……エルフの王様なんて凄い人と戦うなんて、ちょっと怖かったです」

どうやら、単純に魔術対決が怖かったようだ。確かに、世間一般のイメージではエルフは魔術師として格上であり、さらにその中でも最も優れた魔術師が王であると前情報がある。そう考えれば、確かに無謀な戦いに挑んだように見えるだろう。

とはいえ、困ったら真空状態にして失神させようと思っていたので、一対一の対人戦であれば勝算はあると踏んでいた。元老院の議員達が揃ってリベットの味方として攻撃してきたら負ける恐れもあったが、それでも生き残るだけならば出来るのではないかと考えていた。

まぁ、それも希望的観測ではあるが。

四人と話をしていると、オーウェンも遅れてやってきた。何故か不機嫌そうな表情で口を開く。

「向こうから喧嘩を売ってきたのだから素直に殺ればよかったというのに……」

何故かリベットを殺さなかったことに対して文句を言われる。

「いえ、別に恨みはありませんから」

そう答えると、オーウェンは微妙に嫌そうな顔で首を左右に振った。

「エルフの王家など魔術の発展の為には害でしかない」

と、オーウェンは珍しく深い怨恨を滲ませて呟く。どうやら、何かしらの因縁があるようだが、触れて良いのか分からない。どちらにしても、話したくないらしく視線を逸らしているので、ここは敢えて触れないでおこう。

そんなことを考えていると、何故かとても誇らしそうな表情でラングスが歩いてきた。

「おお、我が妃よ！　素晴らしい魔術の腕だ！　あの父を圧倒するとは……今でも信じられない気持ちである！　しかし、遥か上空でもしっかり見て応援していたぞ！　あの氷の魔術、火の魔術！

なにより父の魔術を中断させた水の魔術の使い方！　素晴らしい限りだった！」

「いえ、妃ではありませんから……それにしても、良く見えましたね」

結婚に関しては否定しつつ、そう尋ねる。すると、ラングスは真っ白な歯を見せて笑った。

「はっはっは！　エルフの王族として、狩人の目《イーグルアイ》程度は使えるさ。これでも優秀な魔術師として知られているのだよ」

上機嫌にそんなことを言うラングス。狩人の目。これもまたエルフ独自の魔術だろう。どうやら難しい魔術ではないようだが、それでも科学的な考え方ではない仕組みの可能性もある。

「やはり、エルフの魔術というものを研究する必要がありますね」

小さく呟いた言葉だったが、ラングスの耳はしっかりと聞き取ったらしく、輝くような笑顔で首肯して口を開いた。

「うむ！　私がなんでも教えてやろう！　実は、エルフの魔術の一部は王家の秘匿としているのだ。中には元老院の議員であっても見たことのない代物もある。我が妃になるのならそういった魔術であっても教えてやろうではないか！」

と、さらりと国防や国益に影響を与えそうなことを口走るラングス。これには聞いているこちらの方が心配になる。

「……ラングス。結婚するならそれでも良いけど、その場合は王になれないから、王家の魔術は教えたら駄目」

そこへレンジィが来て、もっともなことを口にした。それにラングスは顔を顰《しか》めたが、何も言わないということはレンジィの言葉に納得しているのだろう。よかった。とんでもない王族ばかりかと思っていたが、そのくらいの感覚はあるようだ。

そんなやり取りをしていると、元老院の面々とある程度意見交換が終わったらしく、解放されたリベットが仏頂面でこちらに歩いてきた。

「……もう次期国王を決める会議どころではなくなってしまった。この場は一旦、お開きとする。ところで、アオイとは色々と話したいことがある。明日早朝、王城へ来るが良い」

それだけ言って、リベットは踵を返して去っていった。

合わせて近衛兵らしきエルフと元老院の何名かも去っていったが、こちらに向かってくる人影もあった。

「色々と大変でしたね」

スパイアがそう言って、苦笑を浮かべる。それに会釈を返し、答えた。

「こちらこそ申し訳ありません。結局、大騒ぎになってしまいました」

そう答えると、スパイアは苦笑を更に深めて首を左右に振る。

「いえ、必要なことだったと思います。先ほども言いましたが、我が国はこのままでは衰退していくほかないと、皆も知っていましたからね。私も含めて、大半の者がその来るべき未来から目を逸らしていました。しかし、今回の事で国の外へ目を向ける必要があると気が付いたことでしょう。

そうなれば、ハーフエルフだろうと人口は増えていくはずです。場合によっては、他国からの旅人なども受け入れるようになるでしょう。それは、エルフの国に大きな利点となると信じています」

スパイアは憑き物が落ちたような晴れ晴れとした顔でそう言った。そして、軽く一礼して去っていく。

その後ろ姿を見送っていると、レンジィとアソールもこちらに来た。

「……人間の魔術師さん。今度、貴女の魔術について教えてね」

レンジィは嬉しそうにそれだけ言い、次はアソールが背筋を伸ばして口を開く。

「か、感動しました。他の種族の魔術師はあまり強くないと聞いていましたが、それは間違いでした。ぼ、僕も、魔術について聞いてみたいです。それでは、また」

アソールは緊張した面持ちでそう言うと、ぐるりと回転するように背を向けて歩き出した。その様子に笑いながら、レンジィも付いて行く。

何となく、二人を見送った後に残されたラングスを見るが、輝くような笑顔でこちらを見て首を傾げていた。

「どうかしたか、妃よ」

「妃ではありません」

全く話を聞いてくれないラングスに、何故かエネルギーを奪われている気がする。なんならリベットとの対決よりも体力が失われてしまっている。

肩を落として反論をしつつ、オーウェンを見た。助けを求めてのつもりだったのだが、オーウェンは上半身をこちらに倒すように前のめりになり、真顔で口を開いた。

「もし、王家の魔術を見る機会があったら、同席させてくれ。分かったな？」

「……そんな機会はないと思いますが」

「いや、ある。むしろ作れ。どうにかしろ」

と、魔術バカのオーウェンが本領を発揮してそんなことを言いだした。更に体力が奪われてしまい、さっさと宿に戻って眠ってしまいたい気分になる。

そこへ、ようやく助け船が現れた。

「ラングス殿、オーウェン殿。候補者のお二人は王城へお願いします。また明日には引き続き次期国王を決める会議を行います。今度こそ、候補者の魔術を拝見したいと思いますので、よろしくお願いします」

元老院の議員である女エルフがそう声を掛けると、二人は揃って嫌そうな顔をした。

「今日の夜はアオイ殿と食事をしようと思っているのだが」

「しません。いつそんな話になったのですか」

ラングスの妄言を断固拒否する。すると、オーウェンが深く頷いてこちらを見た。

「その通りだ。アオイとは今日は新しく開発した魔術について語り合うと決まっているのだ。他の用事をいれるような無駄な時間は無い」

「今日は勘弁してください。流石に疲れました」

オーウェンの魔術バカ発言も一蹴する。すると、女エルフの後ろからエドラが顔を出した。

「ふむ、それはそうだろうな。王と真っ向から魔術をぶつけ合ったのだ。そんなことが可能な者は、王の父上であられる元国王以外にいなかった。それで疲労もしていなかったら本当の化け物だろう」

「……」

そう言われて、思わず口を噤む。まさか、魔術の行使についてはそこまで疲れていないなどと言えるわけがない。冗談ではなく化け物として扱われてしまうかもしれない。

変な方向で不安になっていると、エドラはふっと息を吐くように笑い、首を左右に振る。

「さて、我々も大したことはしていないのに疲れてしまった。驚き疲れたとでも言うべきか。まぁ、良い経験をさせてもらったと思っている。それでは、候補者を連れて戻るとしよう。申し訳ないが、この場所は元老院の議員が同席しなければ残れないのだ。一緒に戻ってもらうぞ」

「はい、それは構いません」

エドラの言葉に同意して、皆で戻ることにする。随分と長い階段だが、不思議と飛翔の魔術などを使う者がいない。狭くて長い階段だが、何処か神聖な空気を感じるからだろうか。きちんと歩いて上り下りしなくてはならない気持ちになる。

長い階段を下りて、すぐに王城が見えた。向こう側からこちらに歩いて来る一団がある。シーバス率いる警護隊の面々だ。

「……アオイ」

「お疲れ様です」

シーバスに名を呼ばれて挨拶を返す。すると、シーバスが真剣な顔で私を見た。

「……アオイ、陛下に魔術勝負で勝利したというのは本当か？」

そう聞かれて、どう答えたものかと悩む。余所から来た魔術学院の一教員がその国の国王を負かしたとなると、色々と問題がありそうだ。そんな考えで口を噤んでいたのだが、オーウェンが後ろから代わりに返答してしまった。

「うむ、アオイが見事に国王をボコボコにしたぞ。完膚なきまでにな」

そう言って呵々大笑するオーウェンに、シーバスは目を見開いて私の顔を見た。すると、遅れてエドラが口を開く。

「そうだな。残念ながら、陛下が一対一で負けてしまったのは事実だ。恐らく、僅差ではあっただろうが、アオイ殿の方が上をいったのだ。これは陛下が口にしていたことだが、今後は我らも人間を含む他種族への認識を改める必要がある。つまり、我が国に住むハーフエルフも同様だ。徐々にでも、純血のエルフが最も優れているという意識を変えていくことが重要となるだろう」

エドラがそう告げると、シーバスは驚愕して声にならない声を上げた。その反応をどう受け取ったのか、エドラは警護隊の面々を眺めて静かに話しかける。

「……警護隊や狩猟隊は、我が国でも特に優秀な魔術師で構成されている。だが、最も危険な場所で働く者達でもある。それ故に、誰が始めたのかは分からないが、ハーフエルフを半数以上加えるようにされていた。恐らく、お前達の中にもハーフエルフが多くいるはずだ。だが、今後はそのようなことは無くなるだろう。魔術師として優れたハーフエルフが、元老院の議員になることもあるということだ」

それだけ言い残すと、エドラはシーバス達の横を通り過ぎて王城へと戻っていった。それは余程衝撃的な言葉だったのか、シーバス達は動揺を隠せずに顔を見合わせている。

ハーフエルフ。ソラレと同じ境遇だ。正確に言うならソラレの場合は更に血は薄まっているが、状況は似たようなものだろう。この王国内で考えると、より過酷な環境だったのかもしれない。それを証明するように、シーバスは顔を歪めて俯いた。

もしかしたら泣いているのかもしれない。そう思うと、声を掛けるのも躊躇《ためら》われる。

「……また明日、詳しい話をしましょう。一先ず、今日は解散となりましたので、シーバスさん達も一度戻って休んでください」

そう言って会釈してから、シーバス達の横を通り過ぎる。グレンも通り過ぎる際に切なそうな目をシーバス達に向けていた。

「……彼らも苦労したのじゃろうな。これから生まれてくるハーフエルフの子らは、辛い想いをせんでくれたら良いがのう」

グレンのそんな言葉がやけに重々しく響いたのだった。

◇

前日と同じ宿で一泊することになり、朝を迎えた。段々とエルフの国の雰囲気に慣れてきたのか、皆も初日より自然な様子で集合し、食事を終える。

「……悔しいことに美味しかったです。それでは、リベットさんが朝謁見するように言っていたので、ちょっと行ってきますね」

ご馳走様でした、と一言口にしてから立ち上がる。食べ終わった食器を戻そうとすると、エプロンをしたストラスが先に食器を回収しながら口を開いた。

「謁見？　大丈夫か？」

昨日の魔術による戦いのことを言っているのだろう。大丈夫とは思うが、何の用事か分からない以上何とも言えない。

「そうですね。まさか、昨日の続きをしようなどと言うことはないでしょうが……」

そう答えると、グレンが口元を拭きながら頷いた。

「そうじゃの。いくら何でも王城に呼んで争うようなことはあるまい。恐らく、アオイ君の言っていたエルフの意識を変えようという話の詳細を聞きたいんじゃと思うぞい」

その言葉にまだ食事中のエライザとシェンリーも顔を上げる。

「ふむ、ふむむんむむ。むごごご」

「え、エライザ先生。食べてから喋りましょう」

まだ食事の真っただ中で喋ろうとするエライザと、それを控えめに止めようとするシェンリー。

立場が逆ではないかと思うが、何故か二人の様子に違和感はない。エライザがシェンリーと同級生のように見えるからかもしれないが、教員としてそれで良いのだろうか。若干不安になる。

そんなことを思っていると、口を両手で押さえて急いで咀嚼したエライザが口を開く。

「……んぐ。でも、あの王様は怒ったら怖かったですよ！　気を付けてください！」

「そうですね。あまり気が長い方ではなさそうですから、注意しておきます」

大急ぎでそれを言いたかったのだろうか。そう思い、苦笑をしながら同意する。エライザは優しいから、本気で心配してくれているのが良く分かる。同様に、シェンリーも心配してくれていた。

「アオイ先生なら大丈夫と思いますが、私も心配です……」

「多分、そういう話にはなりませんよ。でも、気を付けておきます」

そんなやり取りをしてから、私は王城へと向かった。

城に着くと、すぐに門番のエルフがこちらに来る。他に人間がいないからか、すぐに誰か分かったようだ。こちらへどうぞと、王城の奥へ通される。

前回と同様に元老院の皆がいた広間の前に来ると、扉の左右に立つエルフが扉を開けてくれた。

昨日と少し雰囲気が違う。不思議に思いながら扉が開くのを待っていると、更に違和感がある景色が目の前に広がった。

扉を開けて正面に道を作るように左右に近衛兵が並び、その奥には元老院の議員達が立っている。更に、中央には椅子に座ったリベットの姿があった。

「……本来なら、王の後継者を元老院が決定して、最後に余が最有力の候補者の資質を見るという流れなのだがな。今回は特別に、元老院の会議にアオイも加えてやろう。昨日の一件で、余は貴殿の心根を信用した。貴殿は地位や権力、金銭などに左右されない、清廉潔白な人間だろう。それは次期国王を決める際にも良い判断をしてくれるものであろう」

と、リベットは朝会ってすぐにそんなことを言った。若干呆れながらも、首を左右に振って断る。

「いえ、他国の王を決める会議に参加しようとは思いません。信用していただけるのはありがたいのですが、私としてはハーフエルフや他種族への差別意識を撤廃してもらえるならそれで充分だと思っています」

はっきりと断りの言葉を告げると、リベットは片手を顔の前で振った。

「分かっておる。貴様は大して興味も持たんだろうと思っていたからな。故に、二つの褒美を用意した。もし会議に参加してくれるならば、その褒美をくれてやろう」

「褒美？」

リベットの言葉に首を傾げる。さきほど、地位や金銭に関心がないだろうと言っていたのに、どんな代物で私を釣ろうというのか。懐疑的な気持ちで眺めていると、リベットは人差し指だけを立てた状態で手をこちらに見せる。

「まずは、我が子であるラングスとの婚姻の許可だ」

「父上！」

リベットの言葉に奥に控えていたラングスが椅子から立ち上がりながら感極まった声を出した。

「いえ、不要ですが」

思わず正直な言葉が口から出る。ちらりとラングスを見ると、まだリベットが結婚を認めたことに対して感涙をしている最中だった。

確かに美しい外見をしているが、別にそんなことは重要ではない。会って間もないだけでなく、まともに会話もしていないのだ。そもそも、結婚など考えてもいなかった。

動揺する元老院の面々がリベットの方へ顔を向けて口を開くのを他人事のように眺めながら、何となく自身の結婚観について考えさせられる。

「王よ！　そんな話は聞いておりませんぞ!?」

「やはり、王家の血筋に関してはエルフの血を残すべきでは……」

「エルフ同士で子は生し難いのは承知ですが、せめてラングス殿には二人エルフの妃を娶ってもらい、第三王妃としてアオイ殿を……」

勝手にそんな話をするエルフ達に、若干腹を立てる。

「……ちょっと待ってください。先ほども言ったように、そもそも私に結婚するつもりがありません。予定もありませんし、まだまだ学院でやりたいことが多くありますから」

そう答えると、皆の目がこちらに向いた。

「……エルフの王家を軽んじているのではないか？」

「うむ、王族からの婚姻の申し出をあのような……」

「いや、待て。結果として破談となるならば好都合。思うところはあるが、ここは耐えて……」

なにやら元老院の議員達が自分勝手な怒り方をしている気がする。とはいえ、自国の王家に対する並々ならぬ想いもあるのならば仕方が無いのかもしれない。

何とか文句を言わずに我慢していると、ラングスが涙を拭いて口を開いた。

「第一王妃はアオイ殿だ！　そこは譲らん！　しかし、皆の気持ちも理解した！　私が王になった際には、必ず二人以上のエルフの妻を娶ることを約束しよう！」

ラングスがそんな宣言をすると、一部から「おお！」などという感嘆する声が聞こえてくる。

殴っても良いだろうか。

思わず物騒なことが頭に浮かぶ。いや、問題はない気がするが、流石に王族や家臣団の前でその国の王子を相手に物理的な罰を与えるのは良くない。

そんな葛藤をしていると、リベットが腕を組んで低い声を出した。

「騒がしい」

その言葉に、一瞬で場は静まり返る。流石に威厳がある態度と声だった。長い年月を王として過ごしたリベットだからこそ出せる雰囲気だろう。

感心しつつ、リベットの言葉を待つ。皆が口を噤んだことをゆっくり確認してから、リベットは口を開く。

「……では、次の褒美の話をしよう。ラングスとの婚姻の話は両名に任せるとして、次の褒美は恐らくアオイも興味を抱くものだろう」

そう言って、リベットは笑みを浮かべる。

「……限定的だが、王家の魔術の一部を学ぶ許可を与える」

リベットがそう告げると、元老院だけでなく近衛兵のエルフ達も驚きの声を上げた。

「そ、それは流石に……」

エドラがリベットの言葉に異を唱えようとするが、王の一睨みで黙らせられる。リベットは混乱する場を睥睨すると、静かに呟いた。

「これはもう決定したことだ。覆ることは無い。もちろん、条件もある。アオイがエルフの王家秘匿の魔術を学ぶ場合は、己一人の内に留めることを約束してもらいたい。王家の魔術とはそれだけ特別なものなのだ」

そう言われて、即座に頷いて返事をする。

「分かりました」

この褒美は素直に嬉しい。エルフの魔術を学べる機会はもうないだろう。モヤモヤしていた心が晴れ渡るような高揚感を覚えた。

「己の内に留めることを約束します」

はっきりとそう口にすると、リベットは声を出して笑った。

「はっはっは！　我が子との婚姻はあれだけ嫌がったというのに、魔術を学ぶ機会を得たら随分と素直に喜んだな」

どうやら、そうなるだろうと予測していたようだ。特に不機嫌な様子もない。二人で話がついてしまった為、元老院の議員達ももう文句を言う者はいなくなった。

ホッとしていると、奥からオーウェンが肩を怒らせて出てきた。

「ちょっと待て！　王家の魔術を学ぶなら俺も同席させてもらおう！　候補者なのだからそれくらい良いだろう！」

と、どう考えても無茶な言い分で魔術を教えてもらおうとするオーウェン。候補者であったとしても、次期国王に内定しなければ無理があるだろう。そのうえ、オーウェンは最も外様の候補者であり、その性格上、次期国王になったとしても国外に出てしまうこともあり得る。もし自分がエルフの立場で王を選ぶなら、最も王の席から遠い人物であろう。

それは元老院でも同様の意見だったのか、口々に反論する声が聞こえてくる。

「そんなわけにいくか！」

「オーウェン殿、王家の魔術は王が認める者しか授かることは出来ぬぞ」

そういった声に、オーウェンは眉間に皺を寄せて口を開く。

「この国は昔からそうだ。そんなことで魔術の発展が出来ると思うのか？　全ての魔術を研究し尽くして、さらに応用しながら改良をしていかなければ新しい魔術なども生まれない。薬であってもそうだろう？　一人が同じ薬草一つ持って考え続けたところで、大したものは生まれない。複数の薬師が数十種類の薬草を持って議論し合えば、これまでにない何かが出来上がるのは自明の理だ」

オーウェンはもっともらしいことを言いながら、こちらに歩いて来る。

「そう思うだろう、アオイ」

何故か、こちらに同意を求めてきた。それには流石に首を左右に振るしかなく、若干申し訳ない気持ちになりつつも否定の言葉を口にする。

「それとこれとは別でしょう。せめて、元老院の方々のように長く自国に留まった人達で共有するなら分かりますが」

そう告げると、オーウェンはショックを受けたように目を見開いた。

「う、裏切者め」

味方をしてもらえると思っていたようだが、流石に無理である。国家機密レベルの王家の魔術なのだから、国内に今後もいてくれる人物でないと渡すことは出来ない。

そう思って否定したのだが、分かっているのか、いないのか。オーウェンは悔しそうに私を見て文句を言った。

「自分だけ教えてもらえるから良いと思っているだろう？　む、そうだ。後でこっそり私に教えるんだ。それなら良いだろう」

何故、そんなことをこの場で言うのか。どちらにしても教える気はないが、流石に聞く場所くらいは考えて欲しい。

「ダメです。他言しないことを条件に教えてもらうのですから、誰にも教えません」

「ぐ、ぐぬぬぬ……頑固者め。俺は師匠だぞ」

「それとこれとは別です」

「くぅ……っ！　なんて奴だ！」

はっきりと拒絶すると、オーウェンは一歩二歩と後ろへよろめきながら悪態を吐いた。その姿に苦笑していると、オーウェンはハッとした顔になる。

「そうだ。エルフの言語はどうするつもりだ？　いまや魔術の為だけにあるような古代の言語だ。そう簡単に解読は出来んぞ」

だから、自分も一緒に研究してやろう。そんな副音声が聞こえた気がした。しかし、そんなことは心配しないでもらいたい。

「大丈夫です。意地でもエルフの言語を覚えてみせますから」

「……くそ。アオイならすぐに覚えてしまいそうだな」

当てが外れたオーウェンは肩をがっくりと落としながらそう呟く。確かに難しい言語なのかもしれないが、それを学ぶしかない環境に身を置けば数か月でコツはつかめるだろう。外国語と同じでそれが日常会話となれば覚えるのは早いはずである。

と、そこまで考えて重要なことを思い出す。

「あ、そうでした。私はあと一週間以内にフィディック学院に帰らなくてはなりません」

そう呟くと、リベットが眉根を寄せた。

「帰らなくてはならない？」

不思議そうにそう呟かれて、頷き答える。

「はい。そろそろ新しい講義を始めなくてはなりませんから。これでもフィディック学院では上級教員という立場ですので、いつまでも講義をしないでいるわけにはいきません」

そう告げると、端で聞いていたエドラが口を開いた。

「それほど大切なことだろうか。確かに学生からするとアオイ殿に魔術を習う時間というものは掛け替えのない時間となるだろう。しかし、アオイ殿からすると誰かに魔術を教えるよりもエルフの魔術を学ぶことの方が重要だと思うのだが」

「うむ、確かに」

「そうある機会ではないぞ」

エドラの言葉に何人かが同意の言葉を口にする。しかし、一般的にはそうだろうが、私にとってはそうではない。

「私の本分は教員です。魔術学院の教員として、生徒達に魔術を教えることが最も大切な仕事なのです。とはいえ、エルフの魔術は早急に学びたいので、週末の二日間はこの国に顔を出すことにします」

答えてから、リベットの方を見た。すると、リベットは呆れたような顔で溜め息を吐く。

「自らの職務を大切にすることは良いことだが、そんなことで魔術を学ぶことができるのか。言語の違う魔術を学ぶのは、これまでの他国の魔術とは難易度が違うものと思うがな」

そんな指摘に、成程と頷く。まったく馴染の無い魔術を毎週少しずつ学んでいくのは確かに難しいことだろう。それに、目の前に知らない魔術が幾つもあるのに、中々覚えることが出来なかったらストレスが凄そうだ。

悩むが、教員としての自分を否定することも出来ない。

そんな時、不意にラングスが真剣な顔で頷いた。

「……よし！　私は決めた。候補者としての権利を放棄する！」

唐突な宣言に、エドラ達がギョッとした顔になって絶句する。

「え？」

一瞬遅れて、疑問を口にした。

「……な、なんだと!?」

「どういうことだ!?」

ヘドニズ達が怒鳴るように驚きの声を上げた。場は一気に混乱していくが、リベットが再び冷静に問いかけることで、僅かに落ち着く。

「……なぜ、候補者の権利を放棄する？　貴様にとって王とは、それほど軽いものか？」

その問いに、ラングスが胸を張って顎を引く。

「……私は、これまで王になる為に努力を続けてきました。それは父である陛下への憧れであり、それこそが我が使命であると信じていたからです。しかし、その決意が昨日、揺らぎました」

ラングスがそう口にして、リベットが黙る。話の続きを促しているのだろう。ラングスはそれを空気で察して、目を細めた。

「正直に言えば、このままでは私は陛下のように優れた魔術師になることは出来ないでしょう。どれだけ努力をしても、あの火の魔術を生み出すことが出来ない。それが、私の限界です」

ラングスがそう告げると、リベットは消極的に同意を示す。

「……魔術の才能というだけならば、確かに候補者四人の中で最も凡庸であろうな」

ある意味で残酷な一言である。しかし、それにラングスは口の端に笑みさえ浮かべて肩を竦めてみせた。

「そうでしょう。だからこそ、虚勢を張り、己を大きく見せようと必死だったのです。誰よりも優れた候補者に見えるように意識して行動をし、言動にも気を配って来た……それも全て、魔術の才能が無いことを悟られたくないからであり、そんな自分を恥じているからだったのです」

誰よりも堂々としており、元老院からの印象も良かったであろうラングスの告白。胸の内ではそんな葛藤をしていたとは、傍目からは気がつけなかった。

それは元老院の議員達も同様だったらしく、皆が驚きに顔を見合わせていた。そして、リベットも怪訝な顔でラングスを見つめる。

「それで、自暴自棄にでもなったと言いたいのか？」

リベットが尋ねると、ラングスは静かに首を左右に振る。

「そうではありません。ただただ、衝撃を受けただけです。エルフの魔術ではなく、劣っていると思っていた人間の魔術で我が父と戦い、勝利をおさめたアオイという魔術師に……エルフの魔術が出来なくとも、私はまだ上を目指せる可能性がある。そう思うことが出来ました。それは暗闇の中を歩いていた私にとって、希望の光であり、それをくれたアオイを女神のように感じてしまったのです」

嘘ではない。恥ずかしい限りだが、ラングスの言葉には確かに熱があり、リベットの追及にも負けない強さがあった。とはいえ、会って一日二日の男に女神扱いされるというのも気恥ずかしい。

「……それで、ラングスよ。貴様は候補者の権利を放棄して、どうするつもりだ？」

リベットが改めて尋ねると、ラングスは確固たる決意を持って口を開いた。

「はい。私は、アオイ殿の力になるべく、フィディック学院に行こうと思っております。年齢的には教員にあたると思いますので、この後グレン殿に教員として雇ってもらえるか確認を行います。そうすれば、上級までのエルフの魔術をアオイ殿に教えることが可能です」

ラングスがそう口にすると、広間の混乱は一気に最高潮に達する。ざわざわと騒がしくなる元老院の議員や近衛兵達。リベットや候補者達は感情が窺い知れない。

保守派が多そうな元老院は間違いなく良い感情は持たないだろうが、候補者達ははたしてどうなのだろうか。特に、ともに次期国王を目指していたオーウェン以外の二人である。オーウェンは間違いなく国王になどなりたくないだろうから良いとして、レンジィとアソールはどう感じているのだろう。

そう思って二人の顔を見ると、まるでそれを合図にしたかのようにレンジィが口を開いた。

「それなら、候補者は三人で進める？」

どうやら、レンジィはあまり気にしていないようだった。あっさりとラングスの発言を受け入れると、元老院の面々を振り返ってそんな質問をする。

そして、アソールはどうして良いか分からずにラングスとレンジィを見比べるようにしている。一方、冷めた様子のオーウェンはしばらく考えるような仕草で動きを止めていたが、やがて何かを思いついたのか顔を上げて口を開いた。

「……ふむ。ならば、よほど才能に差が無い限りレンジィが次期国王、いや女王だろう。なにしろアソールはまだ若過ぎる。候補者として人間の国の宰相のような立場を作り、国王としての在り方を学んでおけば良いだろう。そうすれば、百年後くらいに何かあった時に国王を交代することもできる」

オーウェンがそう告げると、元老院の議員達が唸った。

「……確かに、アソール殿の場合は最低でも六十年は補佐が必要になるだろう。そういう意味でも、副王や宰相といった立場を作るのは良い案かもしれないぞ」

「しかし、その場合は立場が元老院の上となるわけであろう？　議会の流れをどうするか」

「元老院の一席を埋めてもらうか。それとも、王の傍で王と一緒に元老院の意見を聞いてもらうか」

オーウェンの一案は一考する価値があったらしい。元老院の議員達は新たな役職が生まれた際の未来について語り出す。とはいえ、今その話で盛り上がるのは止めてもらいたいところである。

「話がずれているぞ、貴様ら。そんな話は後でいくらでも出来る。問題は、四人の候補者をどうするかという点だ。ラングスの主張は理解したが、それをどう判断するか」

リベットがそう告げると、皆が話の本筋を思い出す。しかし、本人が候補者としての権利を放棄すると言っているのだから、それ以上何を言えというのか。

そんな状況の中、スパイアが咳払いを一つして口を開く。

「……正直に言いますと、ラングス殿が強い意志を持って権利を放棄するというのならば、それは何を言っても変えることが出来ないでしょう。こちらとしても、王としての熱意と資質を持っている方こそ次期国王になるべきだと思います。そのうえでオーウェン殿の言う通りにするならば、ラングス殿はフィディック学院で教員に。次期国王としてはレンジィ殿。次点として副王という立場にアソール殿を据える、と……それでは、オーウェン殿はどうされるつもりか？」

スパイアが尋ねると、オーウェンは鼻を鳴らして失笑した。

「ふん、そもそも俺に国王になる気など無い。今回候補者として召集に応えたのは、単純に現在の王の魔術がどれほどか見たかったからというだけだ。まぁ、予測の範囲内を出ることは無かったがな……とりあえず、王家の魔術を見ることが出来た以上、もうこの国に用はない。なんなら、今日中に自宅に戻って魔術の研究を再開したいくらいだ」

オーウェンは面倒くさそうにそれだけ言って口を噤んだ。その傲岸不遜な態度に、エルフ達は揃って顔を顰める。特に、リベットが最も苛立たしそうにしている。

目を尖らせて、リベットはオーウェンを睨んだ。

「……まるで、余の魔術が大したことないとでも言うような口ぶりだな？」

そう言われて、オーウェンは肩を竦める。

「大したことがないとは言っていない。だが、この国に戻ってくる前に予測していた王家の魔術と比べて大きな差異はない、というだけだ。あのエルフの火にしてもそうだが、何千年も前から伝わる文献と同じものだった。つまり、エルフはずっと同じ魔術を変わらずに使い続けているということが分かった。多少は新しい魔術もあるだろうが、最上級の魔術は恐らく千年単位で進歩していいない。正直に言って、魔術の研究を続けてきた者として残念でならない」

あまりにもはっきりエルフの魔術が進歩していないと言い切ったオーウェンの発言に、傍で聞いていた私の方がひやりとする。リベットが本気で怒ってしまったら、この場で殺し合いのような事態にならないだろうか。オーウェンも王家を敵視しているような雰囲気を出しているので、真っ向から戦うことになりかねない。

ハラハラしながら様子を窺っていると、リベットはオーウェンを面白くなさそうに睨みながら、深い溜め息を吐いた。

「……確かに、それを言われると痛いな。王家の魔術はその秘匿性故に習得した魔術師が数えられるほど少ない。以前、貴様が言っていた話だったか。研究者が多ければ多いほど、研究は進む。それとは真逆の状況にしてしまっている王家の魔術は、研究などまったくと言って良いほどされていないということだな」

リベットはそう呟くと、自嘲気味に笑う。

「今後の王家の魔術の扱いに関して、参考にさせてもらうとしよう。だが、今この瞬間処罰されなかったことを幸運に思えよ？　貴様の発言は、本来なら死罪でもおかしくないのだ」

「それは恐ろしい。では、俺は処罰される前に去るとしよう……それでは」

リベットの警告に、オーウェンは取り付く島もない様子でそれだけ言って出入り口の方へつま先を向けて歩き出した。

あまりにも堂々とした態度で去っていく為、誰も何も言えずにオーウェンを見送ってしまう。

「……なんなんだ、あの男は」

ヘドニズが困惑した様子で小さく呟いた言葉が、静かな広間でやけに大きく聞こえた。

第十章　変化する日々

結局、本人の強い希望もあってラングスは候補者の権利を失った。オーウェンの言った通り、一先ずはレンジィが女王になり、アソールはこれまでエルフの王国に存在しなかった副王という立ち位置になることが決まった。

どうやらリベットは私に直接魔術を教えたかったようだが、ラングスが先に初級から上級までのエルフの魔術を私に教えてから、王家の魔術をリベットが教えてくれることとなった。

今後のエルフの国の方針や魔術の教授についての流れを決める為に一日だけ延長して残り、その後は朝からフィディック学院に戻る。そのスケジュールを聞いていたシーバス達は、思っていた以上に別れを惜しんでくれた。

「……最初は人間にも恐ろしい魔術師がいると思ったものだが、アオイ達のお陰でこの国は住みやすくなると思う。ハーフエルフの子供達も、笑顔で暮らせるような国となるように、俺達も頑張るからな」

シーバスは不器用な笑顔でそう言ってくれた。

「はい。頑張ってください」

そう答えると、鼻の頭を掻きながらシーバスは私を見下ろした。

「……世界一の魔術学院の教員か。大層忙しいことだろう。寂しくなるな」

「あ、でも二か月以内には王家の魔術を学びに来られるように努力しますので、すぐに会えますよ」

「……いや、そんなに慌てなくて良いぞ。もう少し、ゆっくり、じっくり魔術を学んだ方が良い。エルフの魔術は発音の微妙な違いで大きな効果の差が出ると言われている。そういった部分までしっかり研究してきた方が必ず良い研究に繋がるはずだ」

何故か、シーバスは親身に魔術の研究について助言をくれた。その言葉を不思議に思いながら別れの挨拶をして、街から外へ出る。馬車で外に出ると、オーウェンが先に出て待っていた。

「やっぱり……エドラさん達が探してましたよ」

そう言うと、オーウェンは腕を組んだまま鼻を鳴らす。

「ふん、気にするな。それよりも、お前のその喋り方の方が違和感があるぞ」

その言葉に、息を漏らすように笑った。

「また馬鹿なことばかり言って……私はもう教員なのだから、丁寧な言葉遣いを心がけているのよ」

そう告げると、オーウェンは面白くなさそうに再度鼻を鳴らして生返事をする。

「まぁ良い。それじゃあ、俺は戻るとするか」

それだけ言って去ろうと背を向けるオーウェンに、馬車の中からシェンリーが顔を出した。

「あれ？　オーウェンさんって、フィディック学院には来ないんですか？」

「オーウェンは自分の研究用の家があるので、そこで独自に研究をしているんですよ」

オーウェンの代わりに答えると、シェンリーは残念そうに口を開く。

「そうなんですか……アオイ先生の講義は凄く面白いのに、残念です。あ、この前の王様の魔術を二人で研究されてはどうですか？　それなら、一人でするより二人で魔術の研究をした方が良いですよね」

シェンリーは良かれと思って魔術の共同研究を提案した。心優しいシェンリーのことだ。オーウェンが素直になれないだけで、本当は寂しいかもしれないなどと思ったのだろう。

だが、オーウェンは生粋の引き籠りでマッドサイエンティストも真っ青な廃人魔術研究家である。エルフの王国に来たのも、単純に新しい魔術具の開発のヒントを求めに来ただけだろう。

その証拠にオーウェンはシェンリーの言葉に喜ぶどころか、自尊心を刺激されて不敵な笑みを浮かべながら振り向いた。

「ふむ……あの時はあえて争いの元になるようなことは口にしなかったが、あのくらいの魔術ならば再現可能だ。それこそ、つい最近作った魔術具に似たようなものがある」

そう呟きながらローブの下から何か取り出すオーウェン。

「……これだ。疑似太陽《イル・ソル》」

大きな杖のようなものを出して魔術名を口にする。直後、オーウェンの頭上に巨大な炎の塊が現れた。炎は一気に頭上に打ち出された、遥か上空で破裂するような勢いで巨大化する。

大気を震わせる轟音とともに、空に真っ白な巨大火球が出来上がる。まるで懐中電灯の明かりを灯すような気軽さで行ったというのに、とんでもない魔術具だ。使い方によっては大事件となるようなテロ行為が行えるだろう。戦争中に使っても恐ろしい効果を発揮するに違いない。

もう一つの馬車に乗るグレンとストラス、エライザも目を見開いて絶句している。皆が驚いているということに満足したのか、オーウェンは空に浮かぶ巨大な火球を見上げて口を開いた。

「あんまりにも雨の日が続いたのでな。疑似的に太陽を作れないかと思って作ってみた」

「魔術具は凄いのに、発想は子供みたい……」

私は疲労感に肩を落としながらそう呟く。オーウェンは途端に不機嫌そうになり、火球を小さくして消し去った。

「面白くない奴め。それじゃあ、帰るぞ」

オーウェンはそれだけ言って飛翔の魔術を行使すると、本当にそのまま飛んでいってしまった。

なんと勝手な奴だろうか。いや、いつものことと言えばいつもの事。むしろ、懐かしい気持ちにすらなっている。

「……私達も帰りましょうか」

そう口にすると、グレン達は無言で頷いたのだった。

◇

フィディック学院に戻ってから、次の週には普段の生活に戻っていた。違うことと言えば、明らかに私の講義に来る生徒の数が増えたことくらいだろうか。ついに、講義室が満席になるという状況になり、私はこれまでにない充足感を覚えている。エルフの王国のリベットから直接書状が届き、他種族への差別的な発言や対応を禁止するという勅命を出したと報せを受けたことも、充足感を得られた要因と言えるだろう。

「さて、雷の魔術を使える生徒も十人を超えましたし、次は風か水のオリジナル魔術でしょうか……いえ、どうせなら改良した癒しの魔術を教えても良いかもしれませんね」

先日のエルフの王国はもちろん、メイプルリーフ聖皇国の癒しの魔術やブッシュミルズ皇国の身体強化魔術、ヴァーテッド王国の特級魔術などを学ぶことが出来たので、そういった要素を合わせたオリジナル魔術の開発が進んでいる。特に、精霊魔術と癒しの魔術だ。科学的でも化学的でもない、超常現象に最も近い魔術である。実はどちらにも共通する部分がある。それは存在を確認できない何かに力を借りている、という点だ。

精霊魔術はその名の通り、精霊の力を借りて通常の魔術以上の効果や規模を実現している。また、材料が足りない状況でそれを可能にしているというのが理解が難しい。そして、メイプルリーフの癒しの魔術は人体の知識が足りない者や、病気という概念を理解していない者であっても、神の力を借りて癒してしまう。

これらの研究は間違いなく、自分が望む魔術の開発に寄与することだろう。

そういった部分もあって、公私ともに満足いく日々を送れていると言えた。

しかし、それから一か月もした頃、エルフの国からラングスも到着してしまった。

「おお！　我が婚約者よ！」

その人物は、私を見てすぐに口を開き、よく通る声でそんなことを言った。エルフの王国、アクア・ヴィーテの王子、ラングス・リカール・トラヴェルは、晴れやかな笑みを浮かべてこちらを見ている。

「え？　婚約者って言った？」

「嘘、アオイ先生の？」

「あの人、エルフじゃない？」

偶然その場にいた生徒達が騒ぎだす声が聞こえて、冷や汗が流れる。これは良くない流れだ。特に、こういった話が好きな女子生徒の間で話題になってしまえば、大変なことになるかもしれない。

そんな恐ろしい想像をしつつ、努めて冷静に対応するべく口を開く。

「……お久しぶりです、ラングスさん。私は婚約者ではありませんので、そこのところは勘違いしないようにお願いします」

周りの人にも聞こえるように、少し大きめの声量ではっきりと否定する。

「ふむ。私としては何としてもアオイと結婚するつもりだから、婚約者という呼び名に違和感はないのだが」

「……どんな理屈ですか。婚約とは結婚の約束のことです。相手が了承していないならそれは片想いというものでしょう」

「むむ、片想いか。なるほど、片想い……これがそうか。これが本当の意味で他者を愛するということなのだな」

と、ラングスは恥ずかし気もなくそんなことを口走る。

直後、耳を澄まして話を聞いていた女子生徒達が黄色い歓声を上げた。

「ちょっと、聞いた!?」

「アオイ先生がエルフと結婚を前提にお付き合いするって!?」

生徒達の話している声が聞こえて、片手で額を押さえて天を仰いだ。何故、そんな話になるのか。いや、ラングスの発言のせいなのは間違いないが、私の台詞が無かったことになってしまったのが解せない。

「む？　どうした、アオイ。頭でも痛いのか？」

「……ええ。まぁ、そんなところです。とりあえず、変な噂になって業務に差し障ってしまっても困りますので、今後は婚約者だなどと言わないようにお願いします」

改めて、ラングスに誤解を招く発言は控えるようにお願いした。すると、ラングスは神妙な顔で深く頷く。

「うむ、承知した。私もアオイに迷惑をかけるつもりは毛頭ないのだ。そういった発言はしないように気をつけるとしよう」

と、思いのほか素直にラングスは従ってくれた。これなら、変な噂になることも無いだろう。ホッと胸を撫で下ろしていると、ラングスはこちらに一歩近づいてから、ローブの内側から書状を一つ取り出した。

なんだろうと思っていると、それをこちらに差し出しながら口を開く。

「……ステイル家より預かってきた。受け取ってもらいたい」

その言葉に、思わず眉根を寄せてしまう。

「……それは私に、ですか？」

確認するようにそう尋ねると、ラングスは真剣な顔で頷く。

「アオイとグレン殿。そして、ソラレという者に対してだ。王の言葉を受け、元老院では他種族への差別や迫害を禁ずる法を定める準備をしている。その法を施行する以上、元老院の議員やその家族は一般市民よりも遥かに厳格に自らを律さねばならん。そういった背景もあり、スパイアは自ら議員の職を辞することを決めた。更に、息子のブレストはその素行から国内での要職に就くことを禁じられることとなった。これは、元老院の者に対して最大級の罰であると言える」

ラングスにそう言われて、小さく息を吐く。

「……私としては、ソラレ君に誠心誠意謝ってもらえれば良かったのですが」

そう告げると、ラングスは腕を組んで唸る。

「王族として複雑だが、ハーフエルフへの差別は根深いものがある。そう簡単に意識を変えることは出来ないだろう。心の籠っていない謝罪など無意味だ」

「それはそうでしょうが……」

ラングスの言葉にいまいち納得できずに曖昧な返事をする。どんな人物であっても更生することは出来るのではないだろうか。そう思ったが、どう言えば良いか分からない。

そうこうしている内に、ラングスが再び口を開く。

「……正直に言えば、新しい法を施行する前にどれだけ厳格な法であるか知らしめるという意味合いも込められている。色々思うこともあるだろうが、ステイル家に下された罰とこの書状をもって矛を収めてもらいたい」

ラングスはそう告げると、目を伏せて顎を引いた。

「……そして、王族としても我が国の国民が他国で犯した罪について、公式に謝罪をさせてもらう。この謝罪はグレン殿やソラレ殿にも行うつもりだ。アオイ、許してくれるだろうか」

真剣なラングスの声と、謝罪の意思を感じられる言葉。それらを聞き、私はエルフの王族としての誠意を受け取ったような気がして、少し気が楽になった。

「……分かりました。そもそも、その謝罪の是非に関しては私が決めることではありません。後は、ソラレ君とグレン学長に直接お願いします」

そう告げると、ラングスは深く頷いたのだった。

◇

ラングスがフィディック学院に来て三か月が経った頃、ヴァーテッド王国では秘密裏に各国の代表者が集まり、緊急会議が行われていた。

深刻な表情で石で出来た大きなテーブルを囲む六人。ヴァーテッド王国の国王、ミドルトン。ブッシュミルズ皇国の大侯爵、ラムゼイ。メイプルリーフ聖皇国の皇帝、ディアジオ。カーヴァン王国の公爵、ロレット。グランサンズ王国の国王、グランツ。そして、コート・ハイランド連邦国の上級議員、アイザックの六名である。本来ならそう簡単に集まれる立場の者達ではなかったが、今回はミドルトンからの緊急招集であり、その内容が皆の関心を引いた為集まることが出来たのだった。

「……わざわざ来てもらったのは他でもない、我がフィディック学院の上級教員、アオイについてだ」

ミドルトンが重々しい口調でそう呟くと、何人かが眉根を寄せた。

「フィディック学院は共同出資であり、六大国による運営としているはずだが」

「うむ、間違った発言は取り消してもらおう」

ロレットとラムゼイが険しい表情でそう告げると、ミドルトンが咳払いをして頷く。

「ああ、言い方を間違えてしまったようだ。ヴァーテッド王国の領土にあるフィディック学院の、という形に訂正するとしよう」

そう告げると、ロレットが嫌みの一つでも言おうと口を開いたが、アイザックが片手を挙げて先に口を出した。

「失礼。とりあえず、先にアオイ先生のことについて聞かせてもらえたらと思います。頂いた書状にもありましたが、アオイ先生が婚姻という噂は本当ですか？」

アイザックがそう尋ねると、一気に皆の目がミドルトンに向いた。

「そう、それだ」

「グランツ王も振られたというのに、エルフの王子とは、眉唾だろうとは思うが」

「こ、こちらの話は関係ないだろう」

ラムゼイやディアジオ、グランツがアイザックの質問に反応して口々に言葉を発する。俄かに騒然としてきた広間で、ミドルトンが両手を顔の高さに挙げて首を左右に振った。

「分かった。いいから、落ち着いてくれ」

その言葉に、不承不承といった様子で全員が口を閉じる。それを確認してから、ミドルトンは改めて本題に入った。

「……単刀直入に現状を説明するとしよう。アオイの婚約というのはエルフの王国側……いや、正確にはアクア・ヴィーテの王子であるラングスという青年が一方的にアオイに求婚をした、というのが真実のようだ」

ミドルトンがそう告げると、皆は顔を見合わせてから口を開いた。

「……まさか、エルフの王国が動くとはな」

「いや、エルフの王国の指示とは限らんぞ」

「……それよりも、その情報は誰からだ？」

ロレットが呟き、ディアジオとグランツが首を傾げる。

「アオイ本人の言だ」

ミドルトンが質問に答えると、成程とグランツが首肯した。

一瞬の間が空き、アイザックが咳払いを一つしてから皆の注目を集め、苦笑を見せる。

「……まぁ、我が国もそうですが、皆さんもアオイさんに自国へ来てもらおうと考えていますよね？　エルフの王国まで出てきてしまったということは、猶予はあまり残されていないように思います」

アイザックが柔和な笑みを浮かべてそう言うと、ラムゼイが腕を組んで唸った。

「確かに……エルフの魔術に対してアオイも興味を持つことだろうからな」

ラムゼイがそう口にすると、ロレットも溜め息を吐いて首を左右に振る。

「残念ながら、魔術に関してだけはエルフ達に及ばないのだ。それは仕方が無い」

「癒しの魔術は負けていないと思うが」

「メイプルリーフはそういった強みがありますね」

ロレットの言葉にディアジオが反論し、アイザックが苦笑する。そんなやり取りを聞きながら、グランツが若干引き攣った表情で脱線しつつある話を元に戻そうと口を開いた。

「……ま、まぁ、それは良いとして、どのように協力するのが良いと思われるのか？」

グランツが誰にともなく尋ねると、ミドルトンが小さく息を吐いてから答える。

「実は、アオイから一つ頼みごとをされているのだ」

ミドルトンが曖昧にそう告げると、皆の目が一気に鋭く細められた。

「……ほう？」

「まさか、ミドルトン殿の倅《せがれ》との婚姻だとか言うまいな？」

「ことと次第によっては……」

と、ミドルトンの台詞を先読みして一気に剣呑な空気となる。その様子に肩を竦めながら、ミドルトンは鼻を鳴らす。

「ふん、そんなわけがなかろう。身内贔屓で見てもロックスにそんな機会は訪れんだろうさ」

面白くなさそうにそう口にすると、ミドルトンは顔を上げて皆の目を見返した。

「……アオイの頼みごととは、各国の魔術師を教員か生徒としてフィディック学院に招致してもらいたい、というものだ」

ミドルトンがそう告げると、一瞬の間を空けて、言葉の意味を呑みこんだ各国の代表が揃って笑みを浮かべた。

「……それは、面白いな」

「なるほど。それはそれは……」

「確かに、公平に勝負をすることが出来そうですね」

「……こちらにも機会があるか」

ミドルトンの言葉を聞いた各々が、含みのある笑みを浮かべて小さく呟く。

アオイの知らないところで、また各国の代表達が何かを企んでいるのだった。

番外編

ストラスの料理風景とアオイの寝癖

パリッとした食感の後に柔らかい肉を噛み切る感覚。濃厚でジューシーな肉汁が口の中に広がり、表面に付いていたピリリとした辛みのあるスパイスと味が調和していく。少し濃いめだが、とても美味しい。瑞々しい野菜とフルーツのサラダも彩りが綺麗で、食べれば食感の違うものを混ぜ込んで作っている為、口の中で様々な味や食感が楽しめる。ドレッシングはどうやって作ったのか分からないが、甘酸っぱい爽やかな風味の味付けで美味しい。

パンはエルフの国で食べられている一般的な物のようだが、こちらはフランスパンに近い表面が硬めのものだった。

そして、最後にヨーグルト風味のデザートまでついていた。ヨーグルトはウィンターバレーにもあったが、エルフの国のヨーグルトは粘り気が強く、濃厚なものだった。味的にはインド・ネパール料理店のラッシーに近いだろうか。さっぱりとした酸味と甘みが丁度良いバランスであり、細かく切られた果物の果実が良いアクセントとなっている。

「……悔しいけど、とても美味しいですね」

「はい、悔しいです」

私の言葉にエライザが同意した。美味しいという部分ではなく悔しいという部分に同意しているのがエライザらしい。

「素直に美味しいとだけ言っていろ」

黒いエプロンをしたストラスが腕組みして文句を言う。まさか、あのエプロンは自前だろうか。

あまり趣味について話を聞いたことが無かったが、料理も趣味の一つなのかもしれない。

完全に料理の腕前で負けている私とエライザは肩身の狭い思いをしながら、ストラスの手料理を食べて美味しい美味しいと言っている。

「すごく美味しいです！　ストラス先生、料理お上手ですね」

シェンリーは素直に笑顔でストラスの料理を堪能し、感想を述べていた。余程美味しかったのだろう。輝くような笑顔である。若者の純粋さを見てエライザと共に胸を痛めていると、ストラスはシェンリーの頭を無言で撫でてこちらを見た。

「……」

責めるような目でこちらを見るストラスに、思わず視線を逸らしてデザートを食べる。こちらもやっぱり美味しい。

私達のやり取りが面白かったのか、グレンが笑いながらこちらを見る。

「いやいや、ストラス君の料理が予想以上に美味しかったからじゃと思うぞい。皆、びっくりしておるんじゃよ」

グレンがそう言ってフォローしてくれる。それにストラスも苦笑する。

「絶対に違うと思いますが」

苦笑はしても許していなかったようだ。食べ物の恨みは恐ろしい。いや、意味が違ったか。

そんな下らないことを考えつつ、その日は男女それぞれ分かれて浴室を利用し、きちんと皆で掃除をしてから就寝となった。

初日故に、夜の街の状況が分からず外出することは止めておいた。エルフの国で人間と獣人、ドワーフが並んで歩くのは目立ち過ぎる。まぁ、シーバスいわく人口が少なく旅人も来ないので、すでに噂にはなっているようだったが。

ちなみに、エルフの国のベッドは少し硬めだった。気温が平均的に低めだからだろうか、毛皮が何枚も置かれているのだが、どれも凄く柔らかくて気持ちが良い。毛皮の匂いも革っぽい匂いではなく、花の香りがふわりとした。毛皮をなめした後に花で挟んで香りづけでもしているのだろうか。

不思議に思いつつも、お陰でぐっすり眠ることが出来た。

朝起きると、既にエライザやシェンリーは起きて朝食の準備か何かに行ってしまったようだった。

体を起こして、寝ぼけた頭で周りを見ながらどうするか考える。

そういえば、宿舎のような建物だった為、男女分かれるのは寝室だけだった。浴室の方に行けば髪を整えることが出来るだろうか。そう思いながら、自らの頭を触ってみる。ふわふわして気持ちが良い感じだった。

鏡が寝室にないので分からないが、恐らくいつものように酷い寝癖だろう。とはいえ、このまま寝室でジッとしていても仕方が無い。渋々、服だけ着替えて寝室から出た。

「お、起きてき……」

「ぬお!?」

離れた場所でストラスとグレンが挨拶か悲鳴か分からない声を上げた。

「おはようございます」

それだけ言い残して、そそくさと浴室へ向かう。そこには洗面台があり、この建物内で唯一の鏡が据え付けられているのだ。

鏡を見れば、そこには予想通りの頭になった私の姿があった。鳥の巣のようにも見える頭を見て、すぐに水の魔術を使う。空中に浮かぶ水の塊に頭を丸ごと突っ込み、洗濯機の要領で緩く水流を作って顔と髪をまとめて洗った。

水球を消すと同時に風の魔術で髪を乾かしていく。やはり、水で流すと髪もサラサラになって良い感じである。

「……あ。寝室でも寝癖を落とすくらいは出来ましたね」

顔を洗ってようやく頭が回ってきたのか、今更そんなことに気が付いた。いつも寮の自室では鏡を見ながら朝の洗髪と洗顔をしていた為、寝ぼけながら鏡を探してしまったのだろうか。寝起きの自分に聞いてみないと分からない。

「まぁ、考えても仕方ありませんね」

今後は気を付けよう。そんなことを考えながら、食堂へと足を運んだ。

「……む、やはり幻だったか？」

「おお、おはよう、アオイ君。寝室はそっちだったかのう」

「いえ、寝室はあちらです。顔を洗いに浴室に来ただけですよ」

そう答えると、二人は顔を見合わせて小さな声で会話を始めた。

「どうやら先ほど見たものは現実だったみたいです」

「そうじゃのう。いや、衝撃過ぎて脳が現実と認識せんかったわい」

二人が何かブツブツ言っているのは分かったが、それよりもテーブルの上に並んでいるものが気になった。

パンとサラダ、香草に包まれた焼き魚。そして、白っぽい色をしたスープ。

「もう朝食を作ったんですか？」

「……もうも何も、学院なら講義が始まっている時間だぞ」

驚いて尋ねたのだが、ストラスからは逆に呆れられてしまった。どうやら、思った以上に遅く起きてしまったようだ。

テーブルの前に座りながら、並んでいる朝食のメニューを確認する。

「……今朝も立派な朝食が……」

なんとなく敗北感を覚えながら朝食を眺めると、ストラスが腕を組んで厨房の方を見た。

「今、エライザとシェンリーが一品作るとか言って厨房に籠ってるぞ。もう三十分は経ったか？」

「え？　二人が何か作ってるんですか？」

ストラスの言葉に驚いて聞き返す。エライザは料理が苦手だった気がするが、シェンリーはどうなのだろうか。まぁ、二人とも貴族の令嬢なのだから、料理が出来なくてもおかしくはない。

そう思うと不安になってきた。

「……少し不安なので、ちょっと様子を見てきましょう」

そう告げると、ストラスは真剣な顔で頷く。

「頼んだ」

たった一言だったが、とても感情が籠っているように感じた。

「分かりました」

それだけ答えて、すぐに厨房へと向かう。扉を開いた瞬間、鼻腔に異臭が突き刺さる。薄っすらと視界を白く染めた煙っぽい空気は、とてもではないが料理をしている風には見えない。

厨房はそれなりに広いのだが、その一角に二人は肩を寄せ合うように並んでいた。

「……料理は出来ましたか？」

そう尋ねると、びくりと二人の肩が跳ねる。

そして、恐る恐るといった様子でこちらを振り向いた。

「……も、もう少し時間が……」

エライザがそう呟くと、涙目のシェンリーが首を小刻みに振る。

「も、もう止めましょう……っ！　これ以上は流石に食材が勿体ないです……」

悲しそうに訴えるシェンリーに、エライザは悔しそうに歯を食いしばる。

「だ、ダメ！　諦めないで！　これまで犠牲になってしまった食材達の為にも、絶対に成功させないと……っ！」

と、エライザは悲痛な面持ちで叫ぶ。何故か、二人とも食材に感情移入し過ぎているが、食材を大切にすることは重要である。

しかし、もし成功する可能性が低いならばやめておいた方が無難だろう。

「それで、何を作ろうとしているんですか？」

尋ねると、エライザが真剣な顔で口を開いた。

「フルーツパイです……ッ！」

「……なぜ、そんな難しい料理を……」

作ろうとしていた料理を聞き、頭を抱えたくなった。簡単な焼く、煮る、炒める以外のことを初心者が行うには、丁寧に解説をした料理の本などが必要になる。決して、思い付きで取り組んで良いものではないのだ。

「……材料は何があるのでしょうか」

シェンリーの方を向いてそう聞くと、怒られる前の子供のような顔でシェンリーが頷いた。

「もう、あまり材料は残っていません……多分、三食分くらい無駄にしちゃって……」

「そ、そんなには無駄にしてないと思います！」

シェンリーの告白にエライザが慌てて否定の言葉を口にした。そして、テーブルに並んだ食材を指し示す。

「果物、葉野菜、薄切りの肉、魚もありますし、調味料もあります！　油もありますよ！」

「……どちらにしてもパイを作る為の生地が無さそうな……」

「あ、パンもあります！　パンを薄くして巻けば良いんですよね？」

「多分、違います」

私も大した知識はないが、エライザのパイ料理への理解も絶望的だと判明した。これは早急にパイ料理を諦めさせなければならない。

そう思い、今ある材料から二人が出来そうな料理を導き出す。

「……そういえば、ストラスさんの作った料理の中には生の果物が無かったですね」

「はい」

私がどうしたいのか察したのか、シェンリーが食い気味に返事をした。エライザが答える前に、すぐに料理の提案をする。

「ならば、果物の盛り合わせにしましょう。私も食べたかったですし」

そう告げると、シェンリーが晴れやかな顔をして頷いた。

「果物の盛り合わせ、大好きです！」

「えー……簡単過ぎて面白くない気がします」

シェンリーは喜びを全身で表現しているが、エライザは不服そうだった。やはり、少し凝った料理を作ってストラスを見返したいのだろう。しかし、趣味で料理をしている人間には絶対に勝てないのだ。

ただ、今この場でそんな議論をしても仕方が無い。そう思って、エライザの意識を変えるように仕向ける。

「エライザさん。料理は全体のバランスです。サラダ、焼き魚、スープ、パンがありましたから、後はデザートです。焼き魚がもうあるのだから、焼く以外のものが良いでしょう。パンがあるので、パイも微妙です。ならば、最後に食べるデザートはあっさりした新鮮な果物が良いでしょう」

そう口にすると、エライザは難しい顔で唸る。しばらくその顔のまま考え込んでいたが、少しして結論が出たのか小さく頷いて顔を上げた。

「そうですね！　それでは、ストラスさんの料理を完璧にする為に果物の盛り合わせを作ってあげましょう！」

何故か、エライザはストラスに対して上から目線で発言をする。まぁ、どうあれ納得してくれたなら良いか。

そう思って、二人の果物の皮むきやカットを眺めたのだった。

それから十分後、ようやく果物の盛り合わせも完成する。二人は意気揚々と厨房から出て、待ちくたびれた様子のストラスとグレンのもとへ向かった。

テーブルに大皿で盛り付けた果物を置くと、グレンとストラスは目を瞬かせて動きを止める。

「……な、なかなか前衛的じゃなぁ」

グレンが優しいフォローを入れた。しかし、ストラスは怪訝な目をして首を傾げている。

「と、とりあえず、お腹も空きましたので朝ごはんをいただきましょう」

そう告げると、ストラスも何も言わずに朝食をとったのだった。

ちなみに、果物の盛り合わせもちゃんと美味しかった。

番外編 一 オーウェンの過去

エルフの王国を出てフィディック学院に戻る際、空飛ぶ馬車の上でグレンと会話をしていた。二台ある馬車の一つは私が御者台に座っており、もう一つの馬車の御者台にはグレンが座っている。また、私の馬車からはシェンリーとエライザが顔を出していた。

「グレン学長もかなり飛翔の魔術をマスターされましたね」

「うむ、行きに比べると格段に楽に飛ばせるようになってきたのう。もう少しでアオイ君ぐらい自由自在に飛ばせるようになるぞい」

上機嫌にグレンが答える。

その様子を見て、新しい魔術具が完成した時のオーウェンを思い出し、自然と微笑んでいた。久しぶりにオーウェンと会って会話をしたからだろうか。唯我独尊といった性格のオーウェンに対して、グレンは温和な年長者というタイプだ。全く似ていないと思うのに、不思議とオーウェンと被るところがある。

そんなことを考えていると、シェンリーが口を開いた。

「そういえば、オーウェンさんはどうしてエルフの国を出たのでしょう？　王様になれるかもしれないくらいだから、公爵相当の上級貴族だったたってことですよね？」

シェンリーが不思議そうに尋ねると、グレンは困ったように笑う。

「まぁ、確かに家柄的には恵まれた立場だったことじゃろう。しかし、本人からすると面倒な立場だったようじゃな」

「面倒？」

グレンの言葉にエライザが聞き返す。

「うむ。オーウェンは自由奔放な性格でのう。興味があれば手を出さねば気が済まないところがあった。その興味の向く先が魔術じゃったんじゃよ」

そう口にして、何かを思い出すようにグレンが斜め上を見上げる。

「……もう百年以上前だったかのう。オーウェンとは国を出た時に会ったんじゃが、物凄く偏屈な奴でのう。魔術の研究に夢中で、ハーフエルフのわしが少し人間の魔術を使えることを大層面白がっておったわい」

「人間の魔術を、ですか？　アオイ先生の師匠なんだから、普通の魔術じゃ満足できないんじゃないですか？」

シェンリーが不思議そうに質問すると、グレンは苦笑しながら首を左右に振った。

「いや、単純な威力や効果を比べるといった考え方はしなかったんじゃ。どうやって、その魔術が構成されておるかが重要だと言っておったぞい。オーウェンからすると、ある意味でエルフの魔術は行き詰まってしまっておるそうじゃ。研究の余地が少ないとぼやいておったわい。しかし、人間の魔術は様々な可能性があり、更に国の数だけ方向性も多岐に渡るという……まぁ、つまり、エルフの魔術は面白くなく、人間の魔術は面白いと感じていたということじゃな」

そんな説明に、思わず口を開く。

「私が会った頃には、オーウェンは普通の魔術には飽きてしまっていましたが……」

そう告げると、グレンは呆れたような顔で頷いた。

「けっこう飽きっぽいのう……まぁ、もしかしたら人間の魔術の方も先が見えて来てしまったのかもしれんのう」

呆れたように笑いつつ、グレンの表情や声には親愛の情が感じられた。憎まれ口を言いつつも、オーウェンのことを友人と思っているのだろう。世話が焼けるくらいは思っているかもしれないが、嫌ってはいない。恐らく、オーウェンの方も同じだろう。

そんな二人の友情を眩しく感じながら、指輪を見せながら口を開いた。

「私に会った時にはもう魔術具の研究に移っていました。多種多様な魔術を研究した後だからか、様々な視点から魔術具の開発をしていましたね」

そう言ってから、指輪を眺めて再度口を開く。

「この指輪型の魔術具もそうです。魔力を流して魔法陣を作動させ、トリガーとなる魔術名を口にすると魔術が発動します。もちろん、発動した後の魔術の維持や制御、発展は魔力操作によって行わなければなりませんが、それでも十分効率的になります」

簡単にそんな説明をすると、皆の目が指輪に向いた。

「……そんなに小さなものに魔法陣が描かれているとはのう。あいつも凝り性じゃったから、どんどん突き詰めた結果なんじゃろうか」

と、グレンはお米の粒に仏の絵を描く人に対するような反応を示す。驚きや感動よりも呆れの色の方が強いのは何故だろうか。

「その指輪にはどんな魔術が組み込まれているんですか？」

反対に、目をキラキラさせてシェンリーがそんな質問をした。その質問に私は頷いて答える。

「この指輪には水の魔術を発動する為の魔法陣が埋め込まれています。詠唱でいうところの、水の発生、流速、圧力までを指輪の中の魔法陣が行ってくれるのです。つまり、その後はその流速を上げるか、落とすか。圧力を高めるか、下げるか……そういった調整を行うだけで上級の水の魔術が扱えるようになります」

「上級!?」

説明をしている間は静かに聞いていたのに、最後の一文を聞いてエライザが身を乗り出すようにして叫んだ。

その大声に、馬車の中で休んでいたストラスが窓から顔を出す。

「……なんだ。何があった？」

ストラスが薄目で皆の顔を見ながら尋ねると、エライザが目をまん丸に見開いた状態で私の手を指差した。

「アオイさんのあの指輪、魔術具なんです！」

「……そうか」

エライザの説明を聞いてストラスは相槌を打って馬車の中に戻ろうとする。それを両手を振って止めながら、エライザが説明の続きをした。

「ちょ、ちょっと待ってください！　まだ話は終わってませんよ!?」

エライザが怒ったようにそう口にすると、ストラスは嫌そうな顔を向ける。どうやら、馬車の中で仮眠をとっていたようだ。眠そうなストラスがジト目でエライザを見ると、エライザは慌てた様子で口を開く。

「いや、本当に凄いんですよ!?　あの小さな魔術具を見てください！　あんなに小さいのに、水の上級魔術を使えるんですよ！」

「ほう、それは良かったな」

そう呟いて馬車の中に戻ろうとしたストラスだったが、すぐに姿勢を戻してこちらに顔を向けてきた。

「……上級？」

眉間に皺を寄せて、ストラスが聞き返す。

「はい、上級です」

答えると、ストラスは何度か目を瞬かせて指輪を凝視する。一瞬の間が空いて、グレンが迫ってくる。恐ろしいのは空飛ぶ馬車ごと近づいてきた点だ。ぶつかればバランスを崩して大変なことになりそうである。

「ちょっと、その魔術を行使してみてくれんかのう？」

穏やかな声ながら、その目力は尋常ではない。獰猛な猛禽類を思わせる形相でこちらに迫ってくるグレン。

「分かりました」

逆らっても仕方が無い。そう思って、すぐに指輪に魔力を流して魔法陣を起動する。

指輪が薄っすらと青く光り、手の周囲に円を描くように水が出現した。透き通った水の塊は見る見る間に量を増やしていき、さらに、手の周りを廻る流速を上げていく。そこへ圧力が加わり、一気に流速を加速させていった。

気が付けば、手の周りを廻る水流の輪は透明なリングとなっていく。

「それでは、あちらを見ていてください」

準備が出来たので、そう告げて魔術を行使する。

直後、十分過ぎるほどの水量、流速、圧力を高めた水の魔術が一気に放出され、まるで光線でも放たれたかのような勢いで水が空を切り裂いた。

遥か遠くにあるはずの雲が、四つに分けられたのを見て、グレンが歓喜の叫びをあげる。

「ふひょーっ!?」

奇声を上げて馬車の御者席ではしゃぐグレン。そして、馬車の窓から顔を出したまま固まるストラス達。

「……城の城壁も切り裂けそうだ」

「まぁ、それくらいは……」

ストラスの言葉に同意すると、エライザが音が鳴るほどの勢いで首を左右に振った。

「それ普通じゃないですからね!?」

「そうですか？　結局、水の魔術を攻撃に使う場合は量によるものか、水圧をかけた水の刃で斬るかのどちらかです。複合であれば氷にすることで他の方法もありますが、水だけで戦うならば基本は二種類となるでしょう。なので、その二種類を同時に使うならという考えで作った魔術具ですね。あ、水に包み込んで呼吸が出来ない状態に持っていくという方法もありましたか……そちらは別の魔術具で作っていますが、まだ三種類同時に作動する魔術具は出来ていませんね」

そう答えると、ストラスとエライザが呆れたような顔をした。シェンリーは苦笑である。

「……オーウェンさんも、そんな魔術具を使っているんですよね？」

「そうですね」

シェンリーの質問に同意すると、ストラスが溜め息を吐いて首を左右に振った。

「そんな魔術具が出回らなくて良かった。幸運にも二人とも地位や権力に興味が無いからな。今後も出回る危険は少ないだろう」

戦争での使用を心配するストラスがそんなことを言う。それにグレンは深く頷き、顎髭を撫でながら口を開く。

「うむ……ストラス君の心配ももっともじゃのう。よし、今後はわしが魔術具を管理するぞい。さあ、わしにも何個か貸してくれんかの？」

興奮が隠せない様子でグレンがそんな提案をしてきたので、私は呆れつつ口を開く。

「……グレン学長、目が怖いですよ」

番外編　エルフの魔術を学ぶアオイ

「よく来たな、アオイ！」

学院の中庭で、ラングスが両手を広げてそんなことを言った。

湖のある静かな中庭の一角だ。周囲には木々が植えられており、学院内なのに森の中のような雰囲気となっている。エルフの血がそうさせるのか、ソラレと同様にラングスもこの場所を好んだ。

ラングスは学院に来ても教員の服装ではなく、エルフのローブを着て過ごしている。その為、湖を背にして立つラングスの姿は、まるでエルフの国にいるエルフそのものだった。

「おはようございます。今日はよろしくお願いします」

今回はラングスが先生となる為、丁寧に挨拶をして一礼する。その姿が意外だったのか、ラングスは目を丸くして私の顔を見た。

「ふむ、殊勝な態度だ。我がエルフの王国で元老院や国王を相手に堂々とわたり合っていた女傑とは思えんな。その姿が学院の中での教員としての姿か？」

と、失礼なことを言うラングス。

「私はどこに行っても変わっていないつもりですが……単純に、会話する相手が力ずくで自らの要求を通そうとした時はどうしても反論してしまうので、そんなイメージがついてしまったのでしょうか？」

そう答えると、ラングスは腕を組んで首を傾ける。

「なるほど。一国の王の言葉に反論出来るのは大したものだが、それで変な印象を持たれてしまうのも考えものだな」

「いえ、もう諦めました。一部では学院の魔女なんて呼ばれてますから」

ラングスの言葉に溜め息を吐きつつ答える。それに笑いながら、ラングスは肩を竦めて頷く。

「安心せよ。我が王国でも間違いなくアオイは畏怖の対象となっているはずだ。次回、エルフの王国に行くことがあったら反応が楽しみだな」

「全然嬉しくありませんよ」

ラングスの言葉に更なる脱力感に襲われる。その様子が面白かったのか、ラングスは歯を見せて笑った。

「はっはっは！　さて、それでは、さっそく我がエルフ族に伝わる魔術を教えようか。まずは、エルフでいうところの十歳になったら覚える、初級の魔術からだな」

「エルフで十歳というと……」

「言葉の意味を理解して喋り出す頃だ。人間でもそうだと思うが、一歳から二歳で歩き出して、三歳には走ったり跳んだりもできるようになる。その頃から言葉も喋りはするが、発音や意味を取り違えていたりと、まだまだ言葉が正確に喋れるわけではない。ある程度魔術言語を伝えて意味を理解できる年齢になるのが十歳だとされている」

説明を聞き、成程と頷く。

「それでは、人間だと六歳から七歳頃というところでしょうか」

小学校に上がるくらいの年齢である。本格的に勉学を学ぶことが可能な年齢、という感じだろうか。

「ふむ、そうなのか？　いや、言葉を覚えて自ら思考しながら使うことが出来る、という点では単純に生まれてからの年数だからそうなのかもしれんな。まぁ、それは良いとして、エルフの子もその頃に古代エルフ語と呼ばれる魔術言語を学ぶ」

その言葉に、私は首を傾げる。

「古代エルフ語と現在のエルフ語は違うのですか？」

そう尋ねると、ラングスは指を一つ立ててみせた。そして、何か音程差の少ない歌を歌うように流れるような言葉を話す。

「……と、今のが古代のエルフ語で『我が一つの指先』となる。まぁ、初級の魔術でよくあるセルだな。指先に火を、指先に水を、指先に風を、指先に光を……といった具合に生活で使う魔術でもある為、全てのエルフが最初に覚えるフレーズだな。正直に言って、現代のエルフ語というものは存在せず、外部の者と会話する為に人間達と同じ言語を使っている」

と、ラングスは不思議なことを言った。

「エルフの国は外部との接触を断っていたのでしょう？　どうして、わざわざ外国の言葉を主言語としたのでしょう？」

気になって質問すると、ラングスは少し難しい顔をして顔を上げる。一瞬考えるような仕草をして視線を逸らしたが、すぐに溜め息を吐いてこちらを見た。

「……はるか昔の話だ。神話の時代ではどの種族もまだ数が少なく、エルフも人間もドワーフも獣人もさほど力関係は変わらなかったという。いや、どちらかといえばエルフが魔術の力で上位にあり、次は身体能力で獣人。そして鍛冶の技術でドワーフ、人間という順番だったかもしれぬな。しかし、段々とその勢力図が変わっていった。人間と獣人の人口増加だ。特に、人間の数の増え方は他種族を圧倒していた。とはいえ、獣人やドワーフもその数を増やしていく中、エルフは恐らく常に人口減少を続けてきただろう……そうして、ついにその時はやってきたのだ」

そう言って、ラングスは一度言葉を止めて、視線を下げる。悲しそうに、いや悔しそうというべきか。表情を歪めてラングスが再度口を開いた。

「……人間による、エルフや獣人、ドワーフの奴隷化だ」

「奴隷？」

思わず、聞いているこちらまで顔を顰めてしまう。それにラングスは自嘲気味な笑みを浮かべて、首を左右に振る。

「いや、もう遥か昔の話だ。その時を生きたエルフもとっくにいなくなっている。ただ、その時に辛く苦しい時代を生きたエルフ達は、自種族だけが暮らす平和な地を求めた。温暖な気候の森林には獣人が住み、深い山々にはドワーフ族が多く住んでいた。そして、それ以外には人間が……結果、エルフは厳しい環境の北部の山に住むしかなかったのだ」

そう呟くエルフの王族。そこには確かな無念さがあった。

ラングスに聞いたエルフという種族の過去に、これまでのエルフ達の対応や反応の理由が見えてきた気がした。

地球の歴史でも、人間が人間を奴隷にした事例がある。それはまるで人間を人間と思っていないかのような過酷な扱いだったという。それを考えれば、この世界で種族が違う者への扱いは同等かそれ以上に酷いものであった可能性が高い。

エルフは種族として多くの命を失い、更には自尊心すら失ってしまったかもしれない。そんな感情を背負って誰もいない北の地へ逃げ延びたエルフ達が、どのように子孫を育てていくのか。失ってしまった自尊心を回復する為にも、自分達を優秀な素晴らしい種族であると伝えてきたのだろう。そして、人間を含む他種族を見下すようになったに違いない。

そう考えると、今現在では随分と悪い形になってしまったが、エルフの王国を築いた過去のエルフ達の苦労や葛藤が窺えるというもの。

「……大変だったのですね」

なんと言って良いか分からず、それだけ口にした。それにラングスは苦笑して頷く。

「我が祖先はそうであろうな。別に同情してもらいたいわけではない。単純にそういった過去があった為、古代のエルフ語は多くが失われてしまった、と言いたかったのだ。とはいえ、魔術に使う為のエルフの言語は残されている」

そう言って、ラングスが人差し指を立てて魔術を行使する。

詠唱は歌うように、流れるように三小節だ。直後、ラングスの指先に小さな火が灯った。小さいが、熱量が高そうな青白い火である。

「……これが、最初に覚える魔術の一つだ。詠唱の言葉は『我が指先に火を灯せ』となるか。火の魔術の第一は指先に火を灯すこと。次が手のひらの上に火球を作ること。その次は炎の壁、炎の竜巻と規模が大きくなっていくのが普通だな」

ラングスが丁寧にそんな解説をしてくれた。それに頷き、次の魔術を催促する。

「それでは、炎の壁を作ってもらっても良いでしょうか？」

「炎の壁？　それは良いが、簡単ではないぞ？」

困惑しながらそう答えつつ、ラングスはすぐに詠唱を始めてくれた。

当たり前だが、先ほどの小さな火の時とは違う単語だ。ラングスは片手を湖の方へ向けながら、五つの詠唱を唱えて魔術を行使した。

直後、炎の球がラングスの突き出した手の周りに出現し、螺旋を描くようにして湖の中心へ飛んでいく。等間隔に並んだ炎の球は、湖面に着弾すると同時に火柱を形成した。噴き上がった五つの火柱は隣り合う火をお互いが吸収するようにして更に勢いを増していき、あっという間に炎の壁となる。

炎の壁は高さ十メートル以上にはなっただろうか。左右にも広く、近づくだけで焼かれてしまうような熱量を発している。轟々と音を立てて燃える炎の壁を背に、ラングスが振り向いた。

「……こんなところか。規模は抑えたが、温度は高い。それなりに強靱な魔獣であっても通過するのは難しいだろう」

ラングスがそう解説する声を聞きながら、魔術の分析を行う。

「……先ほどの指先に灯した火と同じで、あの炎の壁も私が使うものとは種類が違いますね。まるで、魔力自体が炎に変化したように見えます」

そう呟くと、ラングスは腕を組んで顎を引いた。

「ふむ、どう違うのかは分からないが、エルフの魔術は基本的に全てそれぞれの属性を司る精霊に働きかけて魔術として発現している。精霊というのは各地に存在しており、エルフの言語にてその力を借り受けて行使するのだ。それゆえに、エルフの魔術は精霊魔術なども言われているな」

と、ラングスは簡単に答えてくれる。しかし、その答えは私の中では答えになっていない。いや、聞きたい部分が抜けている、というべきか。

出来るなら科学的にどのような状態で、どのようにその場所に影響を与えたのかが知りたい。そうしなくては、自分でそれを発展させることは難しいからだ。

「……なるほど。エルフの魔術が中々発展出来なかった理由が分かりました。多くの言語が失われてしまっている状況、何より言語は理解しても仕組みは完全に把握出来ていない現状……それらが原因で魔術の進歩が遅れているのでしょう」

そう告げると、ラングスは腕を組んで唸る。

「……いや、しかし、精霊の力で魔術を行使していることは把握できているのだ。それ以上に何を知っておくべきなのだ？」

不思議そうに聞き返してくるラングスに、私は自分の魔術を見せることにした。

「それでは、一つ魔術をお見せしましょう」

そう言って、湖の方へ向く。

「……炎気流《バックドラフト》」

呟き、魔術を発動させた。火球が生まれ、湖の中央へと飛んでいく。魔力により密閉された空間で炎は一気に大きく成長していき、酸素が失われていく。ある程度まで成長させた後、壁の一部を取り払って密閉状態を解除する。

直後、酸素を求めて勢いを失いかけていた炎が一気に外へと噴出して燃え広がり、成長する。炎の柱が噴き上がったところを見計らって、上昇気流を作り、更に炎に酸素を加えて熱量の上昇を促進させた。

結果、五十メートルを超える高さまで炎の竜巻にも似た火柱が上がる。

燃え上がる巨大な火柱を呆れたような顔で見上げるラングスに、魔術の仕組みを説明する。

「火は必ず燃やす材料と一定以上の熱、そして酸素が必要となります。この魔術は、あえて密閉空間を作ってその中で炎を成長させ、その後に酸素を供給することにより一気に炎を巨大化させています。この炎は使い方次第で広範囲にも広げることが出来ますし、指向性を持たせることも出来ます。こういった形で原理原則を理解して魔術を使うことが出来れば様々な形に変えることも出来ますし、より強くすることもできます」

魔術の説明をしていると、ラングスは困ったような顔でこちらを見た。

「どちらにしても、これだけ目立つ魔術を突然使って良かったのか？　大騒ぎになりそうなものだが……」

心配そうなラングスに、私は確かにと思いながらも安心させるべく頷く。

「驚く人は多いと思いますが、大丈夫です。よくそういったことがありますが、これまで問題になったことはありませんし」

そう答えると、ラングスは疑惑の眼差しをこちらに向けた。

「……それは、すべて別の人物か？　我が王国であったなら、元老院が出てくるほどの騒ぎとなるものだが……稀であろうとこんな魔術を街中で使う者が多くいるのなら、人間の国は中々恐ろしい場所なのだな」

と、深刻そうにラングスが呟く。そんな言葉を聞いた後に全て犯人は自分であるなどと言うことは出来ず、黙秘をしてしまう。

とりあえず、魔術は解除しておこうと炎を鎮火したタイミングで、眉間に皺を寄せたストラスが中庭に現れた。そして、私を見つけて深い溜め息を吐く。

「……やはりアオイか。生徒達もあまり驚かなくなったが、街には初めてウィンターバレーに来る者も多い。あまり派手な魔術は乱発しないようにな」

「……はい、申し訳ありません」

ストラスに静かに怒られて、素直に謝罪する。

ふと横目でラングスを見ると、細い目でこちらを見るラングスの顔があった。

「……やはり大半がアオイではないか」

その言葉に、ストラスが大きく頷いた。

「九割がたアオイだ。もし、また範囲の広い魔術を使おうとしたら止めて欲しい」

「承知した」

ストラスの言葉に、ラングスが即答して同意する。

信用がないことを悲しみたいところだが、事実なので何も言うことが出来ない。ストラスが去っていく背中を見送った後に、改めてラングスに向き直る。

「……それでは、次の魔術を……」

「もう今日は止めておいたほうが良いのではないか？　騒ぎを起こした後であろう」

そう言われて、確かにそうだと肩を落とす。せっかくの機会だから出来るだけ知識を得たいところだが、仕方が無い。

「それでは、また明日お願いいたします」

「うむ、任されよ」

そんな挨拶をして、その日は別れた。

それから一ヶ月以上かけて、ようやくエルフの言語を用いた精霊魔術を一つ習得することが出来た。言葉の意味、発音、魔力の量の調節、そして、最も重要なのは周囲にある微弱な魔力を利用すること。

確かに、ラングスの言う通り周囲には自分以外の魔力があり、それを感じ取ることによってようやくエルフの魔術は発動したのだ。

「……この魔力が、精霊の魔力ですか？」

そう尋ねると、ラングスは自らの顎を指でつまむように触りながら頷く。

「うむ。エルフの王国ではそのように教えている。アオイは別だが、通常の人間の魔術は自らの魔力のみを行使しているから効果が弱いのではないか？」

逆にラングスに質問されて、改めて人間の魔術について思案する。

「……確かに、魔力というものは自らの内側に眠るものを使用しています。ただ、大気中には魔素とでも言うべき物質があり、それに魔力が作用しているという面もあると考えています。問題は、その魔素以外にも独自の魔力が存在しているということです。この力は、研究する価値があると判断します」

簡単に、自身の見解を述べる。それにラングスは唸りながらも頷いた。

「ふむ……難しいな。まず、アオイの言う説明がまだ私には理解が出来ない。こちらも同等の知識を持っていないと、共同で研究することは出来ないだろう。ただ、エルフの魔術に関しては長く使ってきたからな。私の方が理解している筈だ」

そんなラングスの言葉に頷き、説明を求める。

「エルフの王国は精霊という存在への研究はしていますか？」

端的にそう確認すると、ラングスは首肯した。

「もちろんだ。精霊はそれぞれの属性があり、上級以上の魔術を使えるようになった者は、魔術を使う際に精霊の存在をより確かに感じることが出来るようになる。そうすると、例えば土の魔術を使う時はどこに、どれだけ精霊がいるかが分かるようになるのだ。精霊はどの場所にも存在するが、どれほどいるかはその場所の状態による。最も分かりやすいのは川や池の傍にいけば水の精霊が多くいる為、水の魔術が自然と強化される、といった具合だ」

「どこにいるか分かる、というのはどういった感覚でしょう？」

「そうだな……例えば、街中で目を瞑って立っているとしよう。右手側に二、三人若い男女がいる。左手側に子供が一人いる。後方に年寄りが二人いる、といった風に気配を感じるようなものだ。たとえ声を発していなくても、衣擦れや呼吸、足音などで何となく人数や距離が把握できるだろう？それと似たような感覚とでも言うべきか」

自らの感覚を他人に伝えるのは難しいだろう。ラングスは苦心しながらも自分の中で感じる精霊の存在をそういう風に伝えてくれた。

「……つまり、偏った環境に行けば精霊の数も偏る、ということですね。それは、一部の研究途中だった魔術の進捗を一気に進める機会にもなりそうですね」

そう告げると、ラングスは腕を組んで頷いたのだった。

この時は、このラングスのもたらした情報をかなり重要なもの、程度にしか感じていなかった。

まさか、この精霊魔術の研究が、結果として私が最も望んでいた魔術を成功させるきっかけになるとは夢にも思っていなかった。

精霊魔術はこの世界で最も超常的力に近い、まさに魔法と呼べる魔術だったのである。

番外編

唯一の家族

ラングスから直接謝罪と書状を受け取ったソラレは、部屋に引き籠ってぼんやりと書状に書かれた文面を眺めていた。

内容を要約すると、虐めを行った張本人であるブレストだけでなく、ステイル家にも相応の罰が与えられたというもの。また、書面はブレストの父であるスパイアが直筆にて書いており、息子の行いについての謝罪や、エルフの王国の常識を否定するといったものだった。

それらを眺めて、ソラレは酷く虚しい気持ちになっていた。そもそも、年月が経った今、ブレストの謝罪などどうでも良かった。いや、悲しい気持ちや悔しい気持ちの残滓は確かに胸の内に沈んだまま残っているが、それは謝ってもらえば取り除けるという簡単なものでもない。

だからこそ、ソラレはその書状を見て前向きに受け取ることが出来なかった。

「……別に、こんなことを望んでいたわけじゃなかったのに」

誰にともなく、そんなことを呟く。

それは、ステイル家という家の没落に対しての罪悪感を感じてのことでもあり、自暴自棄な気持ちが染みついてしまった故の言葉でもあった。

結局、ソラレの足は自室からもう出たくないと思った日から、殆ど動いていなかったのだ。それを自覚した時、ソラレは元々嫌いだった自分のことを更に嫌いになっていく気がした。

その時、部屋の扉を手の甲で叩く音が響く。

「ソラレ、おるかの？」

声を聞き、ソラレは部屋の隅で隠れるように俯き、身を縮こまらせた。それは明確な拒絶であり、これまでソラレが選択してきた行動でもあった。

それを見越して、グレンは無理に部屋に入るようなことはせず、そのまま扉の向こう側で語り掛ける。

「……そのままで良いから、聞いてもらえるかの。エルフの王国のことや、ステイル家のことはあまり気にするでないぞ？　その、自分なりにソラレがどんな風に感じるか、思いつめてはいないか、色々と考えてみたんじゃ」

そう口にして、グレンは深く溜め息を吐いた。ソラレはなんとなく、顔を少し上げて扉の方に目を向ける。

その気配を感じているのか、グレンは優しく言葉を続けた。

「わしは、ソラレだけが唯一の、この世界にたった一人の家族じゃと思っておる。わしにとっての家族は、もうソラレしかおらんのじゃ。だからというわけではないが、正直に言えばエルフの王国やステイル家などどうでも良いとさえ感じておる……しかし、ソラレの気持ちを考えると、それは違うのかもしれんのう」

後悔の念を感じさせるグレンの言葉。それはスパイアの書いた書状などより余程ソラレの心に届いた。だが、それでもソラレを自発的に部屋から出させるほどではない。

グレンは数秒間、まるで見えない言葉を探すように扉を見つめたまま動かなかった。

そして、ようやく言いたいことが見つかったのか、口を開く。

「……ソラレ。何があっても、わしはお前の味方で、唯一の家族じゃ。どんなことでも良い。声を聞かせておくれ。些細なことでも良いから、話をしよう」

グレンはそう言うと、その場でずっと動かずにソラレの言葉を待った。

自分はずっとそこにいると証明するように時折口を開くが、殆どの時間を無言で待った。それはソラレと会話をしたい一心であり、唯一の家族を心配する深い愛情からくるものである。

その想いは、少しずつソラレに届き、やがてその口を開かせるに至った。

「……おじいちゃん」

扉越しではあったが、その一言が聞けた時、グレンは涙を堪えきれずに声を押し殺して泣いた。

そして、小さく頷く。

「……うむ、ここにおるぞい」

あとがき

この度は本作を手に取っていただき、誠にありがとうございます。井上みつるです。なんと五巻の発売となりました！　これも応援してくださっている皆様のお陰です！

さて、今回は前巻でも登場したソラレ君も関係する差別問題についてと、エルフの扱う精霊魔術に関して掘り下げたような内容となっております。古くから続くエルフの強大な精霊魔術に対して、古代に失われた魔法陣や魔術具に、地球の化学や物理の知識を使って昇華させてきたアオイの魔術は勝てるのか。また、アオイの魔術はエルフ達の選民意識を変えることが出来るのか。そういった部分に着眼して読んでいただけると幸いです。

それでは、最後にお世話になった皆様に感謝を。まずは、イラストを描いてくださっている鈴ノ様！　毎回イラストを見るのを楽しみにしております。本当にありがとうございます。次に、いつも原稿や今後の展開について相談に乗ってくださっている担当のS様。勢いだけで書いている私の小説が無事に本として出版されるのはS様のお陰です。今後も何卒よろしくお願いいたします。また、新たに担当編集に加わってくださったK様。丁寧なご対応、まことにありがとうございます。

K様の校正の目が頼りです。

最後に、前巻に引き続きこの作品を手に取ってくださった皆様。皆様のお陰で、私は楽しくお話を書くことが出来ています。本当に、本当にありがとうございます。また次巻が出た際には、是非ともお手に取ってみてくださいね！

5巻発売おめでとうございます！
今作も楽しく描かせて頂きました！
皆様いつもありがとうございます！
Suzuna

アオイ、モテ期到来!?

エルフの王子ラングスが
アオイに求婚したという
噂が広まり、
六大国の重鎮達は
緊急会議の場を設ける。
各々いずれは
自国にアオイを迎え入れたいと
考えていたため、一刻の猶予も
ないと頭を悩ませた。
そんな中、ヴァーテッド王国の
国王ミドルトンは
以前アオイから
「各国の魔術師を教員か
生徒としてフィディック学院に
招致してほしい」という要求が
あったことを思い出す。
アオイを獲得するのに
絶好な機会だと考えた
重鎮達は、六大国対抗の
魔術大会を計画して……!?

異世界転移して教師になったが、魔女と恐れられている件 6

井上みつる
Illustration 鈴ノ

2024年初頭、発売予定!

わいい!
無自覚な天才少女は気付かない
～あらゆる分野で努力しても家族が全く褒めてくれないので、家出して冒険者になりました～
辺境の貧乏伯爵
嫁ぐことになったので
領地改革に励みます
～ドラゴンと公爵令嬢～
生贄第二皇女の困惑
敵国に人質として嫁いだら不思議と大歓迎されています
追放された聖女ですが、
実は国中から
愛されすぎてて
怖いんですけど!?
毎月1日刊行!!!!!!!!!

強くてか
無自覚聖女は今日も無意識に力を垂れ流す
～今代の聖女は姉ではなく、妹の私だったみたいです
異世界転移して教師になったが、魔女と恐れられている件
～王族も貴族も関係ないから真面目に授業を聞け～
エルフさんの魔法料理店
妖精女王として転生したけれど、まずはのんびりお料理作りまくります！
転生料理研究家は今日もマイペースに料理を作る
あなたに興味はございません
最新情報はこちら！
EARTH STAR LUNA
アース・スタールナ

EARTH STAR
LUNA
異世界の荒野に転移していた元ＯＬの宮瀬《みやせ》木乃香《このか》は、
最上級魔法使いラディアルに拾われ魔法研究所に居候することになった。
なんとなく研究所で過ごすうちに召喚術に適性があると判明する。
〝大きい〟〝強い〟〝外見が怖い〟の三拍子そろった
使役魔獣が良しとされるなか、木乃香はペット感覚で
ちいさな使役魔獣を次々と召喚していく。
使役魔獣の能力だけではなく
木乃香自身の魔法力も規格外、
――という自覚もなく
色々とやらかしてしまい……!?
こんな異世界のすみっこで
ちっちゃな使役魔獣とすごす、ほのぼの魔法使いライフ
シリーズ好評発売中!
1巻特集ページはこちら!
いちい千冬
Illustration 桶乃かもく

尋常ではない召喚陣の輝き——

子鬼、子犬、小鳥、子猫、ハムスター。
ちっちゃいけど能力は桁違い!?

ほのぼのするけど、
いろんな意味で
規格外!?

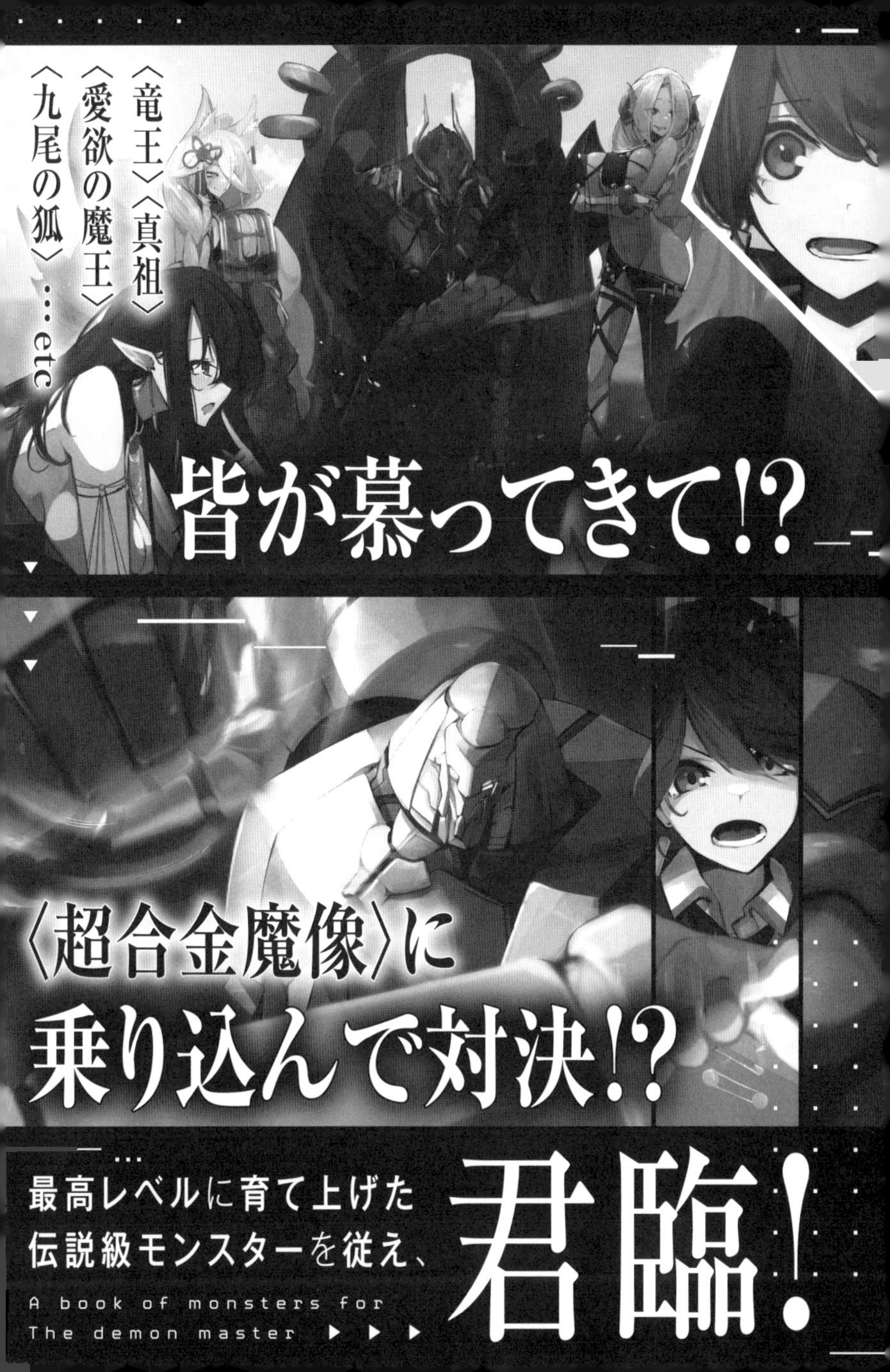
〈竜王〉〈真祖〉
〈愛欲の魔王〉
〈九尾の狐〉…etc
皆が慕ってきて!?
〈超合金魔像〉に
乗り込んで対決!?
—…
最高レベルに育て上げた
伝説級モンスターを従え、
君臨!
A book of monsters for
The demon master ▶▶▶

EARTH STAR LUNA

異世界転移して教師になったが、魔女と恐れられている件 ⑤
～種族に優劣などないことを教えましょう～

発行 ―――― 2023年8月1日　初版第1刷発行

著者 ―――― 井上みつる

イラストレーター ―――― 鈴ノ

装丁デザイン ―――― 石田 隆（ムシカゴグラフィクス）

地図イラスト ―――― 高田幸男

発行者 ―――― 幕内和博

編集 ―――― 佐藤大祐　児玉みなみ

発行所 ―――― 株式会社アース・スター エンターテイメント
〒141-0021　東京都品川区上大崎 3-1-1
目黒セントラルスクエア　7F
TEL：03-5561-7630
FAX：03-5561-7632
https://www.es-luna.jp

印刷・製本 ―――― 図書印刷株式会社

ISBN 978-4-8030-1816-5